# ZAUROCZENIE
Aleksander Sowa

© Copyright by Aleksander Sowa 2013

Okładka: Aleksander Sowa
Zdjęcie na okładce: pl.fotolia.com
Royalty free: romanolebedev

Redakcja: Łukasz Mackiewicz – eKorekta24.pl

ISBN-10: 1489575235
ISBN-13: 978-1489575234

--
Aleksander Sowa|Self-Publishing
www.wydawca.net

Wszelkie prawa zastrzeżone. Kopiowanie, rozpowszechnianie części lub całości bez zgody wydawcy zabronione.

Opole, sierpień 2016 r.

**1.**

Nikt mi nie wierzy, lecz dokładnie pamiętam dzień swoich narodzin. Trochę przypominał przebudzenie. A w życiu najgorsze bywają poranki. Jak dziś.

Na dworze mróz. Stoję na balkonie, od zimna zgrabiały mi ręce. Wieje. Palę obrzydliwego papierosa, od którego chce mi się rzygać, ale palę go do końca. Do filtra. Nie będę się torturować zegarkiem. Wystarczy to, co mam, bez jakiegokolwiek wysiłku. Nigdy nie lubiłam sylwestrowych zabaw. Ludzie się cieszą, a dla mnie jest w tym dniu coś przygnębiającego. Im jestem starsza, tym przygnębienie narasta. Nie moja wina, że urodziłam się 1 stycznia.

Tak czy inaczej ten fakt wiele zdeterminował. Od zawsze i niemal wszędzie: w przedszkolu, w podstawówce, w liceum, a potem na studiach zawsze byłam najstarsza. Albo pierwsza na liście. A wiadomo, pierwsi mają najgorzej. No i w Nowy Rok mam zwykle kaca. Tak jak pozostali, tyle że mój jest podwójny. Jak dziś.

W głośnikach słyszę muzykę z *Psów*, w oczach błyszczą mi łzy. Może dlatego, że upiłam się czystą? Jedno jest pewne. Nie ma lepszej nuty niż z Pasikowskiego, szczególnie jeśli ciepłej wódki nie ma czym popijać. A miłość nie pomaga. Może być co najwyżej jednym z dodatków, jak ciężka choroba, wybuch bomby czy cokolwiek innego, ale nie wpływa na żadną z nas, na nic. Jak kaftan bezpieczeństwa – nie leczy, ale krępuje.

Dawno zauważyłam, że bywają takie noce, kiedy umieramy, by chwilę później powstać, odrodzić się znowu. One są jak misterium. Zbliżamy się do drugiego człowieka tak blisko, że już bardziej nie można. Odkrywamy najbardziej miękkie części siebie, zaślepieni miłością, chemią czy jeszcze czymś innym. To jak kopulacja mózgów, wymiana doświadczeń, myśli, wspomnień i danych. A potem przychodzi ranek. I szlag trafia wszystko w oparach codziennej szarości. W naszym języku istnieje słowo na nazwanie tego, czego nazwać nie potrafimy. Chujowo. I właśnie tak się teraz czuję.

**2.**

Światła: czerwone, zielone, fioletowe. Rytm. Umc, umc, umc, bum tarara. Błyszcząca kula kręci się pod sufitem, migając dziesiątkami błysków. Fuckeble mini, marszczone, błyszczące, kiecki zalatujące tanią dziwką, przydrożną tipsiarą na przerwie w trasie. Podpity saksofonista, w rozchełstanej bordowej koszuli, z plamką po majonezie na brzuchu. Coś gra, sam pewnie nie wie co, ale w tej sytuacji jest to niezwykle na miejscu. Nic, tylko postawić na stół jeszcze jedną półlitrówkę albo zero siedem i w tle zimnej rzeczywistości chlać ją do końca. Pić i płakać, płakać i pić. I tak za chwilę zacznie padać śnieg. Wszystko zasypie. Znikną ślady tego, co jeszcze przed chwilą było ważne, istotne, prawdziwe.

– Kochasz mnie? – pytam go, zerkając zza stołu.
– Tak – odpowiada. – Kocham cię.
– Nawet jeśli jestem wariatką?
– Nawet jeśli – mówi – jesteś jedynym człowiekiem, jakiego znam, który zawsze mówi prawdę, a mimo to i tak nikt go nie słucha. Oprócz mnie oczywiście.
– Oczywiście – powtarzam. – Ale to mi wygląda na definicję wariatki.
– Tak sądzisz?
– Jestem pewna – mówię, wyjmując ostatniego dziś papierosa.

Nikotyna oszołomiła mnie bardziej niż szampan o dwunastej, muzyka i taniec przez całą noc. No i ta pieprzona wódka. Bo mając dowód osobisty, należy pić wódkę. Inaczej nie wypada. Trzeba być patriotą. Za Grunwald, za powstanie warszawskie, za Westerplatte, Monte Cassino i, do chuja, nawet za Unię Europejską trzeba! Jutro, czyli dziś, będę mieć zajebistego kaca – myślę. Jak zwykle. Jak co roku.

– Istnieje takie prawdopodobieństwo – mówi.

– Z drugiej strony wiem – mruczę, a on słucha uważnie – że gdybym nie była wariatką, nie moglibyśmy być razem. Jako normalna nie wytrzymałabym z tobą, wiesz?

– Wiem.

– Kocham cię, bo jestem szalona. A nie dlatego jestem szalona, że cię kocham. To zasadnicza różnica.

– Nie ma innego wyjścia? To jedyna możliwość? – Mąż odpowiada pytaniem.

– Nie ma.

Mam dosyć. Dosyć wszystkiego. Dosyć petów, szampana, tego cholernego saksofonisty, *Psów*, sylwestrowych bali, urodzin i całej reszty też mam dosyć. Właśnie skończyłam czterdzieści lat i wcale mnie to nie cieszy. Bo co w tym wesołego? Przez całe życie wszystko było proste i oczywiste. Teraz jest prawdziwe, ale czuję się zagubiona. A ta prawdziwość przepełniona informacjami, kolorami, historiami – wszystkim, jest taka nierzeczywista. Czasem wolałabym, żeby było inaczej. Jak kiedyś. Wolałabym być gdzie indziej. Nie wiem gdzie dokładnie, lecz wiem, że w zajebistej szczególności nie tu, gdzie się znalazłam.

– Jestem zmęczona.
– A ja pijany.
– Wracamy do domu?
– Wracamy.

Taksówka trzęsie się na wybojach opustoszałego miasta jak wóz drabiniasty. W radio znów słyszę ten sam, pieprzony saksofon. Ta sama pieprzona melodia. Znam ten utwór, tylko nie mogę sobie przypomnieć skąd. Czy będzie mnie prześladował do następnego grudnia? Albo, co gorsza, przez następne czterdzieści lat? Może tak właśnie zaczyna się starość?

– To blues. – Mąż mruczy pod nosem.
– Co powiedziałeś, kochanie?
– Niedobrze mi.

– Aha.
– Wszystkiego najlepszego.
– Co mówisz?
– Nic.

Konwersacja na poziomie czwartej nad ranem. Kieruję oczy ku niebu. Chmury ocieniają nieregularnie śnieg. Jest pełnia. Księżyc wygląda pięknie. Przypomina mi pewien mroźny ranek na przystanku, kiedy miałam dwadzieścia lat. Dwadzieścia! Niby tak niedawno, a jakby całą wieczność temu.

Stada czarnych ptaków. Nie wiem, gawronów, jebanych wron, kruków? Nieważne. Ich widok, kiedy krakały, machały skrzydłami albo kroczyły nieśpiesznie po ziemi, ruszając jednocześnie szyjami, przyprawiał mnie o mdłości i czynił tę scenę, ten mroźny ranek na tym przeklętym przystanku wizją tragiczną. Mogłam to znieść tylko dzięki tej jasnej, złotawej plamie na jaśniejącym od świtu niebie.

Teraz ten sam księżyc mam gratis. Jest tak samo piękny, czysty i niepretensjonalny jak wtedy. Bez małomiasteczkowości, bez zawiści, jednakowy, sprawiedliwy. Dla wszystkich. I tylko dla mnie.

Mąż opiera się o moje ramię. Jego dotyk jest ciepły, kojący. Na wiele pytań można znaleźć odpowiedź, trzeba tylko poczekać. Może dzisiaj wystarczy do rana? To jedynie kilka godzin. Choć za oknem taksówki noc trwa w najlepsze, do świtu jeszcze daleko.

## 3.

W domu, jak zwykle, zostaję w garderobie odrobinę za długo. Uwielbiam tę chwilę, te okruszki minut i sekund tylko dla mnie. Jestem wtedy sama ze sobą. Każdy potrzebuje takiego samotnego istnienia, chociażby przez chwilę.

Za drzwiami słyszę jego ciche chrapanie. Uśmiecham się ciepło. Mam prawie wszystko, o czym marzyłam. Męża, który mnie kocha. Pieniądze, które wydaję. I nawet ten kochany stolik z oświetlonym lusterkiem do demakijażu, jakiego zawsze pragnęłam. Mogę malować swoje obrazy. Ale w środku jestem spalona. Ściernisko w sierpniu, las po wyrębie, elektrownia w Czarnobylu po 1986 roku.

– Drodzy państwo – słyszę – właśnie minęła czwarta zero zero. Jest pierwszy stycznia dwutysięcznego...

Spieprzaj! – myślę zirytowana. Nie trzeba mi przypominać. Sięgam, by wyłączyć odbiornik, ale w połowie drogi zatrzymuję rękę. Palec zastyga w powietrzu. Znów ten utwór. Trzeci raz dzisiaj. Dziwne. Może to nie przypadek? Z pewnością, bo życie nie zna przypadku. Wszystko zawsze jest z góry zaplanowane. Jesteśmy tylko trybikami, które naoliwiają się naszymi planami. Niech zostanie.

Zmywam makijaż. Mam piasek pod powiekami. Kolor nocy wokół oczu znika. Już wiem, to Stare Dobre Małżeństwo. Patrzę w lustro. Odbija się w nim twarz kobiety, wciąż młodej, lecz bez blasku, jaki widywałam jeszcze kilka lat temu. Zdjęły go wspomnienia, które teraz szarpią niczym wilki.

– Jakie by one były – nie wiem, dlaczego szepcę do siebie głośno – z czasem wszystkie stają się dobre. Dlatego zawsze są lepsze od marzeń.

– Tak myślisz? – W głowie natychmiast słyszę pytanie.

– Nie myślę. To pewność – odpowiadam niemal bezgłośnie.

To jak modlitwa. Codzienna rozmowa z Bogiem. Nie kłamię. Czy modląc się, trzeba bez sensu powtarzać regułkę? Naprawdę uważam, że tak nie jest, a te słowa po latach okazują się bardzo prawdziwe. Wolałabym, aby było inaczej, ale nie mam wyboru. Marzenia zamieniły mi życie w udrękę i stało się ono koszmarem. Dotąd nie potrafię się z niego obudzić. Jeśli miłość jest karą, to moje życie jest tego najlepszym dowodem.

– Ale przecież nie zawsze tak było. – Słyszę.

– To prawda. Nie zawsze – odpowiadam, kiwając głową. – Między niebem a piekłem można znaleźć trochę miejsca na miłość. Tylko potem trzeba umieć się przebudzić.

## 4.

Tamtej wiosny średnia płaca wynosi sto siedem tysięcy złotych. „Gazeta Wyborcza" ukazuje się po raz pierwszy, zostają zniesione kartki na benzynę, talony na samochody i kwity na węgiel. Rozpoczynają się obrady Okrągłego Stołu, a ja i Laura wracamy z kina ze *Sztuki kochania* z Machalicą jako doktorem Pasikonikiem. Ale prawdę mówiąc, nic mnie to nie obchodzi, kiedy kilka tygodni później Szczepkowska w „Dzienniku Telewizyjnym" powie, że właśnie „skończył się w Polsce komunizm". Ja jestem wówczas studentką pierwszego roku Akademii Sztuk Pięknych na Wydziale Malarstwa i Rzeźby we Wrocławiu. Zamierzam zostać artystką malarką. Nie jestem już nastolatką i po raz pierwszy zakocham się naprawdę. Tylko to się liczy. Prawie.

– Jak ma na imię? – pyta Laura.

– Igor.

– Przystojny?

– O tak! – odpowiadam. – Ma brązowe oczy, długie rzęsy i kształtny nos. Wysoki jest, dużo wyższy niż ja.

– Jak go poznałaś?

Używam bezwstydnie słów „miłość", „literatura", „sztuka" i „przyszłość". Nie przypuszczam, że może mnie spotkać coś, co zmieni następne dwadzieścia lat mojego życia.

– Widziałam go na balkonie, w naszym akademiku – wzdycham.

– Aaa, już wiem! Widziałam go – drwi przyjaciółka. – Ale jak go poznałaś? – naciska.

– Dopiero zamierzam go poznać.

– A... zamierzam! To co innego. Wszytko przed tobą.

– To znaczy co?

– No, możliwe, że nic. Nieważne, może tobie się poszczęści. Tego ci życzę. A teraz lepiej powiedz, jakie ma dłonie.

Zawsze zwraca uwagę na dłonie u chłopców, nie wiem czemu.

Poznałyśmy się na egzaminach, a potem zamieszkałyśmy razem w akademiku. Zaprzyjaźnię się z nią na całe życie. Jest moim przeciwieństwem i to jest najbardziej niezwykłe. Potwierdzamy regułę, że przeciwieństwa potrafią się przyciągać. Odmienne charaktery wzajemnie się uzupełniać. Ferromagnetyczna ludzka natura.

– Nie wiem. Nie widziałam jeszcze – mówię. – Ale zobaczyłam jego uśmiech.

– I?

– Nie potrafię zapomnieć tego błysku w oczach, kiedy mnie dostrzegł. Rozumiesz? Prześladuje mnie widok jego twarzy, kiedy się uśmiechał. W prawie każdej twarzy go widzę. W telewizji, na ulicach, w myślach. Wszędzie. Zadbany, chociaż nieogolony, ale z tym mu jeszcze bardziej do twarzy. Taki typ, wiesz – wzdycham – niegrzecznego chłopca. Już na pierwszy rzut oka widać, że to niezłe ziółko.

– Zazdroszczę ci.

– Czego?

– No, jego.

– Ty?

– No, a co? Jestem jakaś inna?

– Laura, proszę – oburzam się – przecież jeśli zechcesz, możesz mieć każdego faceta. Uwodzenie masz we krwi. Jak hemoglobinę. Nie to, co ja. Mnie pocałował w

życiu jeden, jedyny facet! Co zresztą i tak nie ma znaczenia. A ty – wystarczy, że kiwniesz palcem.
– Nic nie rozumiesz.
– No to wyjaśnij.
– Może i mogę mieć każdego, ale nigdy nie sprawię, aby któryś patrzył na mnie tak, jak ten twój Igor patrzy na ciebie. Rozumiesz? To ty możesz czuć się szczęśliwa.

Szczęśliwa? – zamyślam się na chwilę. Nie umiem znaleźć słów, które oddałyby moje uczucia. Co to w ogóle jest to szczęście? I czy istnieje? Zwykle i tak wszystko kończy się na mężu, psie, rybkach w akwarium i pieluchach na balkonowym sznurku. I to całym uporządkowanie. Zazębiające się kółeczka. Dom, przedszkole albo szkoła, praca, obiad, telewizor do dziewiętnastej, a potem łazienka, trochę seksu, jak starczy sił, i budzik na rano, na tę samą porę co zawsze. Bo tak trzeba. Tylko białe lub czarne. Dopasowane ząbki codzienności ze zbędnymi kilogramami i cellulitem w promocji. Gratis. Rachunek bez reszty.
– Co masz na myśli?
– No, że się zakochałaś.
– Myślisz?
– Jakoś mi na to wyglądasz.

No bo ile znam szczęśliwych par? Fakt, kilka. Ale czy naprawdę są szczęśliwi? Może tylko przyzwyczaili się do siebie i są razem z lenistwa albo przyzwyczajenia? Bo na pewno nie z miłości.

W niej samej kiedyś, na początku, może zatliło się coś na chwilę. Może nawet paliło się jasno. Ale potem, jak zwykle, zgasło niepostrzeżenie. Zwiewne uczucie zdmuchnięte przeciągiem kolejnego poranka wypełnionego oczekiwaniem na mroźnym przystanku na autobus do pracy podskakujący na dziurach w asfalcie.
– Muszę go bliżej poznać – postanawiam.

– Słusznie. Ale jak cię znam – Laura kpi ze mnie – z tą twoją odwagą może to nie być łatwe. A na pewno nie szybkie.

– Przestań. – Karcę przyjaciółkę, choć wiem, że ma rację.

Jestem nieśmiała jak mało która dziewczyna. Zazdroszczę wszystkim, choćby Laurze, że może podejść do chłopaka ot tak, bez ceregieli, i zacząć flirtować, jeśli tylko przyjdzie jej na to ochota. A nie jestem przecież brzydka. Wprawdzie piersi mam mniejsze niż Laura, ale za to dużo ładniejsze oczy, nie mówiąc już o pełnych ustach.

– I co? Będziesz czekać i wzdychać, przypominając sobie, jak pierwszy raz pojawił się na balkonie? – pyta Laura, a ja myślę, że chciałabym być tak przebojowa jak ona.

– A co mi pozostaje?
– Poznać go!
– Tak po prostu?
– Tak!
– Muszę poczekać.
– Na co?
– Przecież nie mogę zaczepić go ot tak, na korytarzu – bronię się – w stołówce albo przyjść do jego pokoju!

– Niby dlaczego? – Przyjaciółka nie posiada się ze zdziwienia.

– No jak to?
– Normalnie – wzrusza ramionami. – Znajdź jakiś pretekst. Nawet najgłupszy. Co w tym trudnego?
– Ja tak umiem, nie potrafię.
– Szybka to ty nie jesteś.

Umarłabym chyba ze wstydu. Igor mi się podoba, ale jak tylko pojawia się w pobliżu, paraliżuje mnie strach. I te cholerne rumieńce, których już chyba nigdy się nie pozbędę! Kiedy Laurze podoba się jakiś facet, patrzy na niego z uśmiechem. A kiedy Igor pojawia się w pobliżu, muszę udawać, że go nie zauważam. Jestem pewna, że wreszcie zauważy, jak czerwienieją mi się policzki.

— Co mam zrobić?
— Aleś ty głupia!
— Wiem, wiem.
— To wszystko przez ten twój Kościół.
— Laura, dajże spokój!
— Ale taka jest prawda, kochana. Zamiast modlić się, aby do ciebie podszedł, powinnaś chwycić przeznaczenie w swoje ręce. I po sprawie. Być albo nie być.
— Łatwo ci mówić! Tobie nie sprawia to żadnego problemu.
— Bo to nie jest problem.

Uśmiecham się. Dobrze wiem, że Laura, choć kocha mnie jak siostrę, uważa jednocześnie za dziwadło. I ma trochę racji. Mam dwadzieścia lat i wciąż jeszcze nie spędziłam pierwszej nocy z mężczyzną. Ona to zrobiła już pierwszej klasie liceum.

— Dla ciebie wszystko jest proste i oczywiste.
— Daj spokój — odpowiada. — Za dużo myślisz i marzysz. Mniej marzeń, więcej działania.

Potem Laura znika w nocy, a ja zostaję sama w pokoju z Emily Brontë albo Jane Austen. Czasem z innych powodów: egzamin, post albo... Nieważne. Lubię te jej eskapady. Wraca kilka godzin później, pełna tajemniczych zapachów, wspomnień, podpita, zmęczona, ale szczęśliwa.

— Upolowałaś coś dzisiaj? — pytam.
— Chcesz wiedzieć?

I wtedy, dopóki nie zaśnie, opowiada w ciemnościach, co przeżyła. A ja nie mogę w to uwierzyć. Może mnie oszukuje, zmyśla alko koloryzuje? Nie wiem. Ale te pocałunki w bramach, pieszczoty na klatkach schodowych albo seks z chłopakami bez imion, bez twarzy, podniecają mnie. W takie noce, kiedy Laura szeptem opowiada przygody, czuję, jak gdzieś we mnie rodzi się coś, czego nigdy wcześniej nie doświadczyłam. Jakieś ekstatyczne ciepło, tam pod brzuchem. Mam ochotę tego dotknąć, poczuć, wyzwolić się, lecz nie rozumiem dlaczego. I tylko zdaję sobie sprawę, że to coś nadchodzi. Nieubłaganie. Nieustępliwie. I męczą mnie wyrzuty sumienia, bo przecież myśląc tak, najzwyczajniej grzeszę przeciw Bogu.

## 5.

Drzwi uchylają się z cichym skrzypnięciem. Odwracam wzrok znad pięknie wydanego albumu malarstwa Modiglianiego. I w tej samej chwili jak porażenie prądem dopada mnie po kręgosłupie wraz nieprzyjemnym dźwiękiem jeszcze bardziej nieprzyjemny dreszcz. To jest elektrowstrząs, jak piorun, jak blask.

– Igor – szczebiocze Laura w drzwiach – to moja przyjaciółka, Julia. Poznajcie się. To o niej ci opowiadałam.

Gramolę się jak fajtłapa z łóżka. Igor podaje mi dłoń. Czuję jej ciepło. W tej samej chwili przychodzi mi na myśl, że jestem rozczochrana jak jakieś straszydło. Jezu! Nie mogła mnie Laura, do ciężkiej cholery, ostrzec!? Jestem na nią wściekła.

– Masz piękne imię, wiesz?
– Dziękuję – bełkoczę.
– Jak u Szekspira.

U Szekspira? Od dziecka to słyszę, a mimo to rumienię się jak dziewczynka z pensji, laleczka z blond loczkami, rodem z pieprzonej wiktoriańskiej powieści.

– Masz piękne loki. – Następny komplement mnie zawstydza.

– A co? Jestem rozczochrana?
– Nie, po prostu fajnie wyglądasz. – Uśmiecha się. – Mógłbym dla nich oszaleć.
– Uff. Dzięki.
– Proszę bardzo. Cieszę się, że się poznaliśmy.

– Ja także – odpowiadam, bo tylko na to mnie stać.

– Igor – wtrąca się Laura – mówiłeś, że w przyszłym tygodniu będzie jakieś śpiewanie na korytarzu? Dobrze pamiętam?

– Tak – przytakuje bez zastanowienia. – Pomyślałem, że jeśli nie miałybyście niczego ciekawszego do roboty, to może wpadłybyście na koniec korytarza, co? Razem rzecz jasna. Wezmę gitarę, zagram. Pośpiewamy. Będzie przyjemnie. Laura opowiadała, że umiesz śpiewać.

– Przesadziła. Jak zwykle.

– Oj tam! Oj tam! Już nie bądź taka skromna. – Laura natychmiast przejmuje inicjatywę. A ja zastanawiam się, czy ona to spotkanie zaaranżowała, czy zjawili się tu z Igorem przypadkiem. – Przyjdziemy na pewno – odpowiada za mnie.

Kiwnięciem głowy też się godzę. To nie może być przypadek. Musiała to uknuć.

Gdy Igor wychodzi i drzwi się za nim zamykają, stoję dalej na środku pokoju niczym sierotka, Kopciuszek zaproszony na bal. Patrzę na Laurę z otwartymi ustami, niema, zaszokowana, oszołomiona szczęściem. A ona z triumfalnym uśmiechem sięga po zielone jabłko i rzuca się z nim na łóżko.

– No co, smoluchu? – mówi z pełnymi ustami. – Dosyć już miałam twojego wzdychania. Czas wziąć się za swojego księcia.

## 6.

Kilka dni później faktycznie się spotykamy. Jest czwartek, sesja już blisko, ale w ogóle mnie to nie obchodzi. Najważniejszy jest Igor. A w akademiku życie płynie swoim rytmem. Pobudka, mycie, śniadanie i wyjście na wykłady albo ćwiczenia. Po szkole obiad, czas wolny. Kolacja i znów czas wolny do ciszy nocnej. Nauka to tylko dodatek.

– Co z Igorem? – pyta mnie Laura.
– Nic.
– Jak nic?
– Poza „cześć" na korytarzu nic nas ze sobą nie połączyło. Jeszcze.
– Julka, ty mieszkasz w akademiku czy w klasztorze?
– Nawet nie wiesz, jaką mam ochotę, by podejść do niego i zapytać o cokolwiek. Tak jak ty byś to zrobiła. Zadać nawet najgłupsze pytanie. Nieważne. Zagaić o coś błahego, byle tylko zbliżyć się do mężczyzny ze swoich fantazji.
– Więc na co czekasz?
– Na dzisiaj.
– Na dzisiaj?
– Tak. Dziś śpiewy.
– A, zapomniałam! Słusznie. No dobrze, ale poznałam was w zeszłym tygodniu.
– Coś mnie powstrzymuje. Naprawdę nie wiem co. Uważam, że to chłopak powinien zrobić pierwszy krok. Jak by to wyglądało, gdybym to ja wyszła z inicjatywą?
– Gdzie ty żyjesz, kobieto? Normalnie! Mamy dwudziesty wiek!
– Wolę poczekać cierpliwie.
– Na co?
– Dzisiaj to się okaże.

W tamtych latach życie wyglądało trochę inaczej – uśmiecham się do wspomnień. Nie było Internetu, komórek, w telewizji tylko jedynka i dwójka. Suzin i Loska. A ja marzyłam, że mój książę wreszcie mnie zauważy.

Wreszcie przychodzi wieczór. Idziemy z Laurą. Jest kilkunastu ludzi. Najpierw rozmawiamy, śmiejąc się i żartując. Pijemy tanie wino z butelki. Butelka wędruje z rąk do rąk. I wtedy pojawia się Igor z gitarą, a wraz z nim w atmosferę tamtego wieczoru wkrada się bliżej nieokreślony niepokój.

– Zagrasz?
– Żeby tylko! I zaśpiewam – mówi z czarującym, bezczelnym uśmiechem.

Wzdycham, spoglądając na Laurę. Tymczasem widzę, że coś jej nie odpowiada. Ciekawość zżera mnie od środka.

– Co?
– Widziałaś jego ręce?
– I co?
– Jakieś takie... Ma ranki na nich – szepcze konfidencjonalnie. – Widziałam strupki. A pod paznokciem małego palca ma coś czarnego.
– No i co z tego? Mnie to nie przeszkadza.
– O tak, tobie nic w nim nie przeszkadza. – Uśmiecha się.

Igor jest nowy, więc nikt nie wie o jego talentach. Całe towarzystwo zaczyna śpiewać razem z nim. Igor, grając, zerka na mnie ukradkiem. Widzę, że coś iskrzy między nami.

To jeden z najwspanialszych wieczorów z akademika, jakie zostaną w mojej pamięci. To były czasy, gdy ludzie jeszcze nie oddalili się od siebie tak jak dziś. Byliśmy młodzi, a on śpiewał tak pięknie. Dżem, Grechuta, Woźniak. Imponuje mi.

Uśmiecham się do swoich wspomnień, choć dziś już nie wiem, czy są moje, czy mojego we mnie wroga.

– To pewnie przez ten motor.
– Jaki motor?
– Widziałam, jak wczoraj przy garażach naprawiał motor – wyjaśnia Laura. – A smar jest czarny.
– Dajże już spokój. Jedna mała kropka? To takie ważne?

Laura się uśmiecha. Widzę, że się zgrywa. Wszystko jedno – myślę – to i tak najprzystojniejszy facet, jakiego w życiu spotkałam. Tymczasem on zaczyna grać coś, czego nikt z nas nie kojarzy. Słuchamy, bo brzmi pięknie. A kiedy kończy, przełamuję się, popchnięta przez Laurę, i podchodzę do niego.

Po raz kolejny uśmiecham się do tego, co ożywa w mojej pamięci. Wędrówka wstecz bywa przyjemniejsza, niż można by było przypuszczać. Nurzam się w przeszłości.

– Pięknie grasz, wiesz? – zaczynam i nagle odczuwam w sobie spokój.

Spogląda na mnie odrobinę za długo. Uspokajam się pod jego spojrzeniem. Igor wkłada właśnie gitarę do futerału. Czuję, że jest mi gorąco. Co teraz powiedzieć?

– Skąd znasz ten utwór, ten o...? – pytam.
– O czwartej nad ranem?
– Tak, właśnie ten.
– Niewielu go dotąd słyszało.
– Ja nigdy. Ale szczególnie zapadł mi w pamięć.
– Opowiem ci. Pochodzę z Paczkowa – zaczyna.
– Nie znam.
– To takie małe, senne miasteczko – uśmiecha się – gdzie prawie nic się nie dzieje. Mój były nauczyciel muzyki w zeszłym roku wpadł na pomysł, aby zorganizować ogólnopolski festiwal. Wiesz, poezja śpiewana, turystyczna, autorska, nieznane zespoły, początkujący artyści. Bez komercji, bez tego wszystkiego, co się teraz zaczyna, takie trochę harcerskie klimaty.

– Jesteś harcerzem?
– Byłem kiedyś, dawno. – Widzę, że chyba trochę się tego wstydzi. – Uwielbiam chodzić po górach i to mi się podobało w harcerstwie – tłumaczy. – Ale teraz, wiesz, wszystko się zmienia, komunizm się kończy. Już nie ma pieniędzy dla młodzieży i dzieci. Harcerstwo już nie jest modne, pewnie nie przetrwa. A skoro młodzi ludzie uwielbiają chodzić po górach i spotykają się, żeby pośpiewać i pograć na gitarze przy ogniu, to chyba nie ma w tym nic złego, prawda?

– Jasne.

– Postanowiliśmy więc zebrać takie towarzystwo. I nazwaliśmy ten festiwal Terepaczków.
– Podoba mi się.
– Tam po raz pierwszy raz usłyszałem ten utwór. Grało go Stare Dobre Małżeństwo. Słyszałem o nich wcześniej, ale nie widziałem nigdy na żywo. Bardzo przypadli mi do gustu. Nauczyłem się chwytów i tekstu. Mówili, że w przyszłym roku nagrają płytę, nazwą ją *Cztery pory roku*.
– No a piosenka?
– Co z nią?
– Jaki ma tytuł?
– A, to *Czarny blues o czwartej nad ranem*.
– Zagrasz jeszcze raz? – Odważam się, spoglądając mu w oczy. – Tylko dla mnie?
Jego spojrzenie jest jak niebo, pełne jasnego błękitu. Czuję w nim ciepło.
Igor milczy chwilę, patrząc znów odrobinę za długo, znad gitary w niezapiętym futerale, po czym jakby z pewnym wahaniem pyta wolno:
– Tylko dla ciebie?
– Tak.
– Hm... – Udaje, że się zastanawia. – Tylko pod warunkiem że zamiast mnie to ty go zaśpiewasz.
Natychmiast się rumienię. Wiem, że mam głos, ale paraliżuje mnie myśl o śpiewaniu dla kogoś. Tym razem nie spuszczam jednak głowy.
– A masz tekst?
– Proszę. – Podaje mi zeszyt.
I śpiewam. Igor gra. Dzieje się coś nieoczekiwanego. Pierwszy raz przełamuję się i śpiewam jak opętana, bez skrępowania, że ktoś mnie słucha, że patrzy i ocenia. Nie obchodzi mnie to. Liczy się tylko on, ja i nasza muzyka. Zatracam się w śpiewie, Igor nie przestaje grać, odwraca kartki z tekstem odręcznie napisanym niebieskim tuszem. I gra, gra, gra tylko dla mnie.

Kiedy przestaje i odwracam się, uświadamiam sobie, że za moimi plecami zebrał się w tym czasie spory tłumek. Z powrotem zjawili się ci sami ludzie, którzy wcześniej się rozeszli.

– Brawo! Brawo! – krzyczy Laura.

Rozlegają się oklaski. Igor wstaje, podaje mi rękę. Mam wrażenie, że zapadam się pod ziemię, ale on trzyma mnie mocno, wskazuje mnie i razem ze wszystkimi klaszcze. Potem całuje delikatnie, przy wszystkich, w policzek. Słyszę gwizdy, które nic a nic mnie nie obchodzą. Jestem szczęśliwa.

## 7.

Przez najbliższe dni zbliżamy się do siebie. Pamiętam dobrze spacer, kiedy nad Odrą pyta mnie o tatę. Jest ciepło, bardzo ciepło. Dziwne, bo w powietrzu wyczuwam delikatny zapach terpentyny. Takiej samej, jaką rozpuszczam farby, gdy maluję.

– Czujesz? – pytam.
– Co?
– No terpentyna.
– Taka, z jaką mieszasz farby?
– Tak.
– Jesteś szalona. – Igor się uśmiecha. – Przecież jesteśmy na dworze.
– Może ktoś niedaleko maluje – zastanawiam się przez chwilę – i wiatr niesie ten zapach?
– Niczego nie czuję, ale kobiety podobno mają lepszy węch od mężczyzn – mówi.

Jest dojrzały, mądry. A świat taki piękny. Jestem szczęśliwa. Niczego się z nim nie boję. Problemy znikają i jestem pewna, że gdybym skręciła kostkę, nawet bym nie zauważyła i mogłabym tańczyć dalej u jego boku. Byle tylko z Igorem.

Wiosenny wieczór nie zachęca, by wracać do akademika. Można by siedzieć na ławce do rana. Księżyc odbija się od tafli wody, Igor przytula mnie i prosi:
– Opowiedz coś o dzieciństwie.
– To znaczy co?
– Nie wiem. Cokolwiek. O tacie, mamie. Jakieś wspomnienie.
– Nie znałam swojego taty – mówię.
– Jak to?
– Nie pamiętam go. Jedyne wspomnienie, jakie mi się z nim kojarzy, to mundur.
– Był żołnierzem? – pyta, nieświadomie unosząc brew.

Ciepło jego ciała, to, że mnie obejmuje, i niemal nic nieznaczący ruch czarnej kreski nad prawym okiem podniecają mnie. Nie wiem dlaczego, ale uwielbiam ten jego tik. Dziwne, bo przecież wspomnienie munduru ojca kojarzy mi się z pustką w życiu, której nikt mi nie potrafił wypełnić.
– Pilotem – odpowiadam.
– Zginął?
– Tak naprawdę to nie wiem, co się faktycznie wydarzyło.
– Opowiedz.
– A chcesz tego słuchać?
– Tak.
– Mieszkaliśmy w Sochaczewie – zaczynam, nabrawszy powietrza. – Tato był kapitanem. Bawiłam się w domek na podłodze w kuchni, pod stołem, w moim ulubionym miejscu. Tato, wracając, zwykle udawał, że mnie szuka i nie może znaleźć, a ja siedziałam cichutko, aż mnie znajdował i przytulał. I drapał na żarty zarostem. Ale to wiem ze wspomnień mamy, sama tego nie pamiętam. Ani taty twarzy. Nikt mi nie chce wierzyć, ale dokładnie zapamiętałam dzień, w którym nie przyszedł do mnie.
– Ile miałaś lat?

– Niecałe pięć. To było dziewiętnastego stycznia siedemdziesiątego piątego. Ktoś zapukał do drzwi. Mama otworzyła. Myślałam, że to tatko, ale z kocyka pod stołem dostrzegłam innego mężczyznę w mundurze. Wskazał na mnie ręką i mama kazała mi pójść do swojego pokoju. Zamknęła drzwi. Potem chwilę szeptali i mama zaczęła krzyczeć. Pamiętam dokładnie, jak przeraźliwie krzyczała. Przestraszyłam się i wyszłam do niej.
– Co się stało, mamusiu? – zapytałam.
– Tato nie wróci, córeczko – odpowiedziała przez łzy.

Długo mnie ściskała, tak mocno, że aż bolało. I ten jego mundur. W stalowym kolorze. Nie znoszę od tamtej chwili szarości. Wyjęła go z szafy, położyła na tapczanie. Ułożyła się obok i płacząc, przytulała się do mnie. Wieczorem wstała, wyjęła nożyczki i pocięła go na kawałeczki.

– Co się dokładnie stało?
– Powiedzieli, że tato się rozbił. Dopiero w liceum dowiedziałam się więcej.
– To znaczy?
– Mieliśmy mieszkanie służbowe. Musiałyśmy się wyprowadzić po śmierci taty. Armia zorganizowała pogrzeb, ale nie pamiętam niczego poza tym, że było zimno. No i przeprowadzkę do Wrocławia.

Przerywam na chwilę, nachodzą mnie wspomnienia mamy. Zapach alkoholu, kłótnie babci z mamą o picie. I chwila, gdy nagle zrobiło się pusto, jak wtedy w Sochaczewie, kiedy tato nie wrócił, a ja nigdy więcej nie zobaczyłam mamy. Tyle że dwunastoletnia dziewczynka rozumie znacznie więcej niż pięciolatka. Więcej też pamięta, choćby zapach czy pojedyncze słowa wypowiadane jak przez mgłę. I wstyd, że matka jest alkoholiczką. Do dziś noszę w sobie poczucie winy, którego chyba nigdy się nie pozbędę.

Przemilczam prawdę o matce. Nie mówię Igorowi, że zabił ją tak naprawdę nałóg alkoholowy, w jaki wpadła po śmierci ojca, a nie nieostrożny kierowca, który potrącił ją pod sklepem. Nie raz zadawałam sobie pytanie, czy gdyby była trzeźwa, weszłaby pod koła. Czy gdyby nie nałóg, poszłaby do monopolowego?

– Kiedy miałam dwanaście lat – wyjaśniam Igorowi – byłam wtedy w szóstej klasie, mamę potrącił samochód. Zmarła na miejscu. Później wychowywała mnie babcia. Dopiero dwa lata temu pojechałyśmy w Święto Zmarłych do Sochaczewa, odszukałyśmy grób taty i poznałam prawdę.

– Ojciec się nie rozbił?

– Z tego, co powiedziała babcia – mówię dalej – od dziecka kochał lotnictwo. Już jako szesnastolatek był pilotem szybowcowym. Po liceum od razu poszedł do Dęblina i skończył szkołę z najlepszym wynikiem. Był świetnym pilotem, na Iskrze pobił kilka rekordów. Skierowano go na ołówki do Krakowa.

– Na co?

– Tak nazywał samoloty, na których latał.

– Aha, rozumiem.

– W Krakowie, jako porucznik, poznał mamę i wzięli ślub. Wkrótce dostał awans na kapitana. Potem przenieśli go do Sochaczewa.

– Dlaczego?

– Najlepsi z najlepszych trafiali do rozpoznania. A w Sochaczewie był pułk rozpoznania właśnie. Tam przyszłam na świat.

– Aha.

– Babcia mi wyjaśniła, dlaczego nie wierzy w to, co wojskowi powiedzieli o śmierci taty.

– To znaczy?

– Tuż przed śmiercią tato powiedział babci, że się boi.

– Dlaczego?

– Bo zaczął latać na ołówkach z nowym ruskim silnikiem. Samoloty rozpędzały się do dwukrotnej prędkości dźwięku, ale były bardzo awaryjne. Miały dopalacz, ale ojciec skarżył się, że po trzech minutach silnik czasem po prostu gaśnie. A MiG-21 to nie szybowiec. No i Rosjanie strzelali do nich prawdziwymi rakietami, bo dzięki dopalaczowi samolot mógł im uciec. Wcześniej już dwa razy tacie zgasł silnik. Raz po starcie, ale tatko nawrócił i wylądował, choć wszyscy myśleli, że już po nim. No i drugi, kiedy musiał się katapultować. Tamtego dnia, kiedy nie wrócił, podobno miał lecieć na zwiad nad Ukrainę, zrobić zdjęcia i na dopalaczu wracać do bazy. Tyle że na niewielkiej wysokości. Babcia powiedziała, że tego ojciec bał się najbardziej. Mamie mówili, że samolot rozbił się na lotnisku w wyniku błędu pilota przy lądowaniu, tymczasem tato po prostu nie doleciał. I nikt nie wiedział, co tak naprawdę się stało. Nawet jego koledzy piloci.

– Więc co mogło się wydarzyć?

– Myślę, że w drodze powrotnej zgasł silnik, samolot nie miał wysokości, aby wylądować gdzieś bezpiecznie, i się rozbił. A może dogoniła go ruska rakieta? Nie wiadomo. Już pewnie nigdy się tego nie dowiem. Ale myślę, że to, co nam powiedzieli, nie było prawdą.

– Dużo wiesz o lotnictwie.

– Pewnie gdybym urodziła się chłopcem – uśmiecham się – byłabym dzisiaj pilotem.

– Pewnie tak.

Spoglądam w jego oczy i mam ochotę go pocałować. Mam nadzieję, że zaraz to zrobi. Z drugiej strony dociera do mnie, że nie doświadczałam nigdy takiego uczucia. Czy to jest właśnie miłość? Nigdy nikogo nie kochałam. Patrzę na jego usta, a on zamiast objąć je pocałunkiem, mówi:

– Mocne. Jest już rano. Wracajmy.

## 8.

Kilka dni później kolega z grupy uśmiecha się i przekazuje mi pozdrowienie. Doskonale wiem, od kogo

pochodzi, ale udaję, że nie rozumiem. Jestem podniecona, szczęśliwa, w mojej głowie kłębią się myśli.
— Od Igora? — pytam.
— A od kogo innego?

Tymczasem zbliża się zaliczenie. Muszę oddać pracę w oleju, na płótnie, a głowę wypełnia mi tylko pustka. Co powinnam namalować? Następne dni nie przynoszą nic nowego. Szkoła, nauka, zajęcia.

Gdy któregoś dnia leżę u siebie i czytam książkę, w drzwiach pojawia się Igor z tym swoim bezczelnym uśmiechem. I z ciastem na talerzu.
— Lubisz sernik?
— Uwielbiam! Szczególnie jeśli przyniesie go ktoś taki jak ty — odpowiadam.
— To znaczy kto?
— Szalony gitarzysta.
— Dlaczego szalony?
— Każdy gitarzysta jest szalony.
— Tylko dlatego, że piecze ciasto?
— Sam je upiekłeś? — pytam, a źrenice rozszerzają mi się ze zdziwienia.
— Sam je kupiłem — mówi z szelmowskim uśmiechem.
— Ty draniu! A już prawie dałam się nabrać.

Rozmawiamy długo. Czas przestaje mieć znaczenie. A kiedy Igor znika za drzwiami, nagle robi się pusto w moim świecie. Ta pustka będzie mi towarzyszyć przez następne lata.

W powietrzu oprócz zapachu sernika jest coś jeszcze. To oczekiwanie na to, co wkrótce musi się zdarzyć. Czy jestem już zakochana, czy to dopiero zauroczenie? Nie wiem, ale rozumiem, że to się już dzieje.

## 9.

Maluję. Pędzel umoczony w gęstej farbie, niczym w krwi, to przedłużenie mojej duszy, mojego „ja". Ruch ręki bierze początek gdzieś bardzo daleko od nadgarstka. Biegnie przez palce. Żyłami pod skórą na ramieniu, a na wysokości barku rozdziela się na dwie odnogi. Jedna wędruje do serca, a druga ku głowie, gdzie widzę kolorowe, pachnące terpentyną obrazy. Do tego cichutko śpiewam.

– Piękne. – Słyszę nagle za sobą.
– Nie słyszałam, kiedy wszedłeś.
– Bo jestem jak kot.
– Kot, który wyjątkowo pięknie gra, mój drogi – odpowiadam z uśmiechem.
– Nie piękniej, niż ty malujesz.
– Pomyliłeś szkoły. Powinieneś zostać muzykiem.
– A ty moją dziewczyną.

Jego słowa zatykają mi oddech. Tymczasem Igor podchodzi i ujmuje moją twarz w dłonie. Są ciepłe, gładkie. Całuje mnie delikatnie w usta. Zarost na jego twarzy kłuje, drażni, ale podnieca. Dotykam jego policzków. Po chwili spogląda mi w oczy. Upuszczam pędzel na ziemię. Włosie umaczane w czerwonej farbie brudzi mi but.

– Co ty na to? – dodaje, lecz nie pozwala odpowiedzieć.

Znów zamyka mi usta, chwyta dłonie i splata swoje palce z moimi. Opiera o ścianę pracowni. Poznaję jego smak. I ten jego zapach, niepokojący, kuszący. Pięknie pachnie. Mężczyzną i spełnieniem. Tajemnicą i przeżyciami. Pachnie tym, co przeżył. Bo to się zawsze w człowieku odkłada. I można to wywąchać, wydotykać, wypatrzeć lub wysmakować. Próbuję to zrobić.

Daję się ponieść uczuciu. Ściska mnie w środku, ale w tym zapachu jest wolność, która gdzieś głęboko mnie niepokoi. To uczucie mnie dręczy. Do tego terpentyna odurza niczym narkotyk.

– Usmarowałaś mnie farbą.
– Przepraszam – odpowiadam.

Śmiejemy się wpatrzeni w siebie, dotykając się czołami. Jestem wreszcie szczęśliwa, bo pocałunkiem przypieczętowaliśmy oficjalnie coś, co i tak już było. Ale nie miało nazwy.

– Muszę pojechać do domu – mówi.
– Motorem?

Jeszcze raz czuję, jak miękkie usta lekko muskają moje. Zmysłowy dotyk dolnej wargi Igora wyznacza chwilę, w której przekraczamy nieznaną nam granicę. Za nią może być już tylko miłość – myślę.

– Wszystko jedno – odpowiadam, łapiąc oddech.
– Ale nie dla mnie.

Tym razem to ja obejmuję jego wargi. Przyciągam je do siebie jak magnes metal. Igor odwzajemnia moje frenetyczne pocałunki. Całujemy się krótko, ale wspaniale, jak nigdy dotąd.

Nigdy się tak nie całowałam. Z nikim. Choć wcześniej był tylko jeden, który mnie pocałował, ale teraz to bez znaczenia. Jak wszystko inne. Tylko pocałunki Igora tej nocy są ważne. I tylko on.

– Nie mówiłeś, że jeździsz motorem.
– Nigdy nie zapytałaś.
– Powinnam zawsze o wszystko cię pytać?
– Nie, ale możesz to robić.
– A zawsze będziesz mówił prawdę?
– Możesz mnie trzymać za słowo.
– Kiedy wrócisz?
– Tak szybko, jak tylko będę mógł.
– Poczekam.

To była prawda. Poczekam, mając w pamięci wspomnienie najczystszego i najbardziej zmysłowego doznania w mym życiu.

Tyle że nurzając się we wspomnieniach, łatwo przekroczyć tę niewidzialną granicę, za którą nie ma powrotu do rzeczywistości. Nie jestem tego świadoma.

## 10.

Tamtej nocy nie mogę zasnąć. Laura śpi, sapiąc cicho, a ja nie umiem zmrużyć oka. Igor wraca do siebie. Nie wiem, dlaczego pojechał nocą do swojego miasta. Nie obchodzi mnie to, ważne jest co innego.

Wychodzę z pokoju, wracam do sztalug w pracowni i pierwszy raz naprawdę zaczynam malować. Czuję swoją ulubioną terpentynę i jestem w amoku. Nie wiem, skąd czerpię natchnienie, ale to, co tworzę, jest nieskończenie doskonałe. Czuję to, choć tego nie widzę. Igora nie ma i jego fizyczny brak boli mnie niczym otwarta rana, jak oparzenic, jak krwotok. Bo miłość nie znosi próżni. Nie można kochać częściowo albo na niby. Jest tylko biel albo czerń. Prawda lub kłamstwo.

Kolejnych nocy, kiedy Igor znika na swoim motorze, również nie umiem przespać, a więc maluję. Wpatrzona w płótno analizuję każde wypowiedziane przez niego słowo i każdy jego gest. On szemrze mi w głowie jak falujące morze. Słyszę jego ciepły głos. Wszystko to, co było we mnie, zamrażam na płótnie. Jestem szczęśliwa.

W ciągu dnia na zajęciach stale o nim myślę i za nic nie potrafię się skoncentrować. Siedzenie w ławce, kiedy mam w sobie tyle energii, staje się torturą. Rozładować to napięcie może tylko malowanie. Albo obcowanie z Igorem.

– Julka, Julka! – Słyszę jak zza kurtyny, z innego świata. – Co z tobą? – Laura szturcha mnie łokciem w żebra.

Zauważam przed sobą profesora Głucha. Patrzy na mnie zdziwionym, surowym wzrokiem. Ale nie ma w nim ani cienia złości.

– Pani praca jest niezwykła – mówi.
– Dziękuję, panie profesorze.
– Jak dotąd najlepsza z tych, jakie widziałem w ostatnim dziesięcioleciu. Nie wiem, jak pani tego do-

konała, ale to, co pani dzisiaj zaprezentowała, świadczy o ogromnym talencie. Proszę dalej pracować. Koniecznie. To tutaj – wskazuje na płótno – jest przebłyskiem geniuszu. Nie może pani zmarnować takiej szansy, a talent nic nie znaczy, jeśli się nad nim nie pracuje.

Spoglądam na swój obraz i dopiero teraz rejestruję, co namalowałam. Nie mogę uwierzyć w to, co widzę. Czerwienię się błyskawicznie. Nigdy wcześniej nie wyszło spod mojej ręki coś podobnego. Na płótnie widnieje ogromne słońce w niespotykanej intensywności żółcieni, a na jego tle postać nagiego człowieka, jak gdybym to była ja. Albo on.

– Kompozycja kształtów wypełnionych materią jest idealna. – Profesor zachwyca się płótnem. – Nigdy wcześniej nie zauważyłem w pani pracach takiej ekspresji. Tutaj jest to niemal namacalne. Proszę spojrzeć – pokazuje bladą dłonią fragmenty mojego obrazu kolegom i koleżankom z grupy – na te zdecydowane i pełne dynamizmu dotknięcia pędzla, które zostawiły grubą warstwę farby. Widzicie państwo? Ten obraz zdaje się mienić, wibrować. Krzyczeć. Ta dominanta rozedrganej żółtej barwy, niewiarygodna świetlistość i kontrasty, łączą się z głębokim pragnieniem przekazania widzowi bogactwa przeżyć, jakie zrodziły się w duszy artysty. Pani Julio, co pani czuła, tworząc tę pracę?

– Szczęście – odpowiadam cicho i znowu cała się rumienię.

– Co jeszcze?

– Rozpacz.

Laura głośno klaszcze i kłania się aż po pas. Pozostali koledzy i koleżanki z grupy tylko się uśmiechają. Profesor się dziwi. Tylko on nie zna prawdy o Igorze. Postali wiedzą, że jesteśmy parą. Szaleńczo zakochaną w sobie dwójką ludzi u progu dorosłego życia.

## 11.

Tęsknię, kiedy Igor znika. A tęsknota boli. Jestem przygnębiona, milcząca i tak naprawdę nic nie ma znaczenia. Po cholerę mi cała reszta? Kolory, ekspresja, wibrujące barwy? To może mieć tylko znaczenie, gdy stoją za tym uczucia. Płótno nie czuje, nie oddycha. Może być piękne, ale jest tylko przedmiotem. To tylko klisza tego, kim ja jestem. A uczucia nic nie jest w stanie zaspokoić. Nic oprócz Igora.

Wreszcie wraca. On. Igor. Mój chłopak. Od dawna nazywam go tak w myślach, ale dopiero od pocałunku w atelier na poddaszu akademika jesteśmy faktycznie parą. Prawdziwie.

Gdy staje w drzwiach, ściskam go, wspinając się na palcach, by dotknąć jego ust. Są ciepłe, miękkie, takie jak lubię.

– Co tak długo robiłeś?
– Musiałem pomóc tacie.
– W czym?
– W tym – mówi, wyjmując zza pleców ogromny bukiet białych róż.
– Białe? – rzucam rozczarowana i bez zastanowienia.

Natychmiast żałuję tego, co powiedziałam. Idiotka – karcę się w myślach. Przecież róże są szaleńczo piękne, jest ich chyba ze sto. Tymczasem Igor odwraca bukiet i pokazuje mi jedną, jedyną, czerwoną.

– Nie wszystkie – mówi. – Nie należy niczego oceniać na pierwszy rzut oka. Pamiętaj o tym.

Rumienię się zawstydzona. To najpiękniejszy bukiet, jaki kiedykolwiek w życiu dostałam. A ta jedna, jedyna czerwona róża w otoczeniu białych nadaje wyjątkowości temu prezentowi.

– Dziękuję.

Szukam wazonu, ale nie mam żadnego w pokoju. Igor pokazuje słoik po sałatce z pomidorów. Lubię w Igorze tę jego praktyczność. Wprawdzie słoik nie jest tak romantyczny jak porcelana, ale pasuje idealnie, a zapach róż roznosi się po pokoju.

– Dodaj do wody odrobinę cukru – mówi.

– Po co? – dziwię się.

– Będą dłużej pachnieć – mówi, mrugając do mnie, i całuje w czoło.

Skąd on wie takie rzeczy? – myślę. Ale za chwilę przebiega mnie dreszcz po kręgosłupie. Pocałunek przypomina mi coś, o czym dawno zapomniałam. Tak właśnie całował mnie tato, gdy wracał do domu i znajdował mnie pod stołem w kuchni.

Czuję się przy Igorze malutka, bezbronna i bezpieczna. Kładziemy się obok siebie na łóżku, on całuje mnie delikatnie w usta i się uśmiecha. A mnie chce się płakać.

– Co się stało?

– Nic.

– Przecież widzę.

– Jestem taka szczęśliwa.

– Dlatego płaczesz?

– Tak.

Igor patrzy na mnie uważnie, długo, obok cichutko szemrze radio. Jesteśmy niczym jeden człowiek. Najmniejsze państwo świata. Enklawa, królestwo z księżniczką i księciem.

– Dlaczego tak patrzysz? – pytam. – Jestem rozczochrana?

– Nie, nie jesteś. A nawet gdybyś była – mówi – i tak byłabyś najpiękniejszą dziewczyną na świecie.

– Tak? – pytam płaczliwym głosem.

– Tak – odpowiada pewnie. – Dla mnie. Rozumiesz?

– Dziękuję. Kiedy to mówisz, czuję, jak gdyby to była prawda, wiesz?

– Ale to jest prawda.

Patrzę na niego. Moja nieśmiałość znika. Pragnę go. Pragnę go dotykać. Czuć w sobie. Być cały czas z nim i stanowić jedność. Nierozerwalną całość. Niepodzielną cząstkę pojedynczą.

– Nikt ci tego wcześniej nie mówił?
– Nikt – odpowiadam. – Ale to bez znaczenia. Nawet gdyby ktokolwiek to powiedział, nie uwierzyłabym. Liczy się tylko to, co ty powiesz.
– Rozumiem.
– Przy tobie czuję się taka szczęśliwa. Sprawiasz, że jestem zupełnie innym człowiekiem – mówię. – Nigdy wcześniej nic podobnego nie czułam.
– Ty sprawiasz, że również jestem szczęśliwy.

Czuję jego dłoń pod swetrem. Wokół mnie rozbrzmiewa najpiękniejsza muzyka. Słyszę skrzypce. Boże! – nagle dociera do mnie. Nocą czasem budził mnie sen, w którym słyszałam przepiękny utwór. Muzykę, którą ktoś grał na skrzypcach, a ja kierowałem się w jej stronę. Im szybciej biegłam, tym bardziej dźwięk się oddalał, stawał się coraz piękniejszy, lecz cichszy, aż w końcu znikał.

Teraz rozumiem. To mój ojciec ją grał. Przypominam sobie, że czasem grał, grał dla mnie. Tylko dla mnie.

## 12.

Kolejne dni przynoszą następne spotkania, rozmowy, spacery po szkole i godziny wypełnione po brzegi Igorem. Stajemy się sobie bardziej bliscy, a nasze rozmowy nigdy się nie kończą. Jestem nienasycona jego słowami, pewnością siebie, wdziękiem i swobodą. Z każdym dniem zbliżam się do niego, zapominając o wszystkim wokół.

– Muszę jutro jechać do domu.
– Znowu?
– Niestety. Tato potrzebuje pomocy.
– A co się stało?
– Nic. Muszę mu pomóc po prostu.

– W czym?

– Jest chory. Co jakiś czas muszę go na kilka godzin odwiedzić. To mu wystarcza. Zresztą mamie także. Zawsze coś jest do zrobienia w domu. Tym bardziej, że taki wypad to niecała godzina jazdy.

– Znów na motorze?

– Tak.

– Nie lubię tego.

– Dlaczego?

– Boję się o ciebie. Motocykle są niebezpieczne.

– Tylko ludzie mogą być niebezpieczni, moja droga – mówi do mnie. – Motocykl to maszyna. Sama nie może być zła. Poza tym w godzinę na motocyklu przeżywa się więcej niż niektórzy przez całe życie. Wiesz co? Mam pomysł.

– Jaki?

– Przewiozę cię.

– Co?

– Pojedziemy na wycieczkę.

– Chyba zwariowałeś!

– Ani trochę. Ubierz się w coś ciepłego i załóż buty za kostkę. Za kwadrans wracam.

– Nigdzie nie jadę – opieram się. – Nie mam ochoty.

– Daj spokój! Lepiej powiedz, że po prostu się boisz.

– Ani trochę.

– No to jedziemy!

Pół godziny później pędzimy za Wrocławiem na tym jego motorze w kierunku Ślęży. Obejmuję go mocno wpół i całkowicie ufam temu, co robi, choć wydaje mi się to kompletnym szaleństwem. Przed zakrętami zamykam oczy, ale siedzę nieruchomo, tak jak mnie wcześniej pouczył. To trwa jednak tylko jakiś czas, wreszcie przyzwyczajam się do dudnienia silnika i stwierdzam, że jest to nawet przyjemne. A jazda, choć tkwi w niej pierwiastek szaleństwa, jest okazuje się... całkiem ekscytująca.

Wyprzedzamy niemal każdy napotkany po drodze samochód. Wcale nie odczuwam upału, wprost przeciwnie – jest przyjemnie. Zaczynam rozumieć. W każdym wariactwie jest cień szczęścia.

Mijamy zielone łąki, rozgrzane od słońca, pachnące rzepakiem pola, czuję żywicę, gdy droga wiedzie przez chłodny las. Już wiem, dlaczego Igor tak to uwielbia. Wreszcie docieramy na szczyt.

– Jak tu pięknie – mówię na górze.
– Nie byłaś tu nigdy?
– Nigdy.
– A to dziwne.
– Dlaczego?
– Myślałem, że każda czarownica zna to miejsce.
– Ty draniu! Nigdy nie wiem, kiedy żartujesz ze mnie. – Biję go pięścią w mięsień na ramieniu.

Uśmiecha się i ucieka. W tych chwilach jest w nim coś z chłopca. Widzę w nim kogoś, kto ma ochotę psocić. Rozczula mnie.

– Chodź tutaj – woła mnie.

Siadamy okrakiem na kamiennym niedźwiedziu niczym na koniu. Igor mnie obejmuje, tak jak ja wcześniej obejmowałam go na motorze. Ze szczytu rozpościera się wspaniała panorama. Rozgrzane powietrze faluje na horyzoncie.

Potem idziemy do kamiennego kościoła.
– Wierzysz w Boga? – pytam.
– Nie wiem.
– Jak to?
– A ty wierzysz?
– Tak. Wierzę w Boga i jestem katoliczką.
– Jedno z drugim nie ma niczego wspólnego – mówi, a ja nie rozumiem. – Nie wiem, czy Bóg istnieje, nie wiem, w co wierzyć.
– Jesteś ateistą?

Igor spogląda na mnie i milczy chwilę. Zdaje się czymś martwić. Żałuję, że poruszyłam ten temat. Zepsułam nastrój, a milczenie nie sprzyja kochankom. Tyle że już wcześniej chciałam go o to zapytać.

– Nie. Ateista to ktoś, kto odrzuca wiarę w istnienie boga.

– No ale powiedziałeś, że nie wierzysz?

– Nieprawda, kochanie – odpowiada, pierwszy raz zwracając się do mnie w ten sposób. – Powiedziałem, że nie wiem, w co wierzyć. To nie ateizm i to nie to samo. Jestem ochrzczony, ale nie nazwałbym się ateistą. Raczej agnostykiem.

– Co to znaczy?

– Uważam, że nie jest możliwe całkowite poznanie świata. I tak samo boga. Nie wiem, czy on istnieje. Najlepiej zresztą to podsumował Sokrates.

– To znaczy?

– Powiedział: „Wiem, że nic nie wiem". I moja wiara w boga jest właśnie taka. Rozumiesz?

Nie jestem pewna. Czuję sie przy nim głupia. Nie rozumiem chyba niczego. Ale imponuje mi jego inteligencja. Jestem zaskoczona jego sposobem pojmowania świata, życia, tym wszystkim, co sprawia, że jest tak wyjątkowy. Że nic nie jest dla niego absolutne, czarne lub białe, złe lub dobre. Czuję, że widzi więcej ode mnie, czuje więcej niż ja i wie o wiele więcej o życiu. Nigdy nie spotkałam kogoś tak wyjątkowego.

– Już rozumiem ten twój motor – mówię w Domu Turysty, specjalnie zmieniając temat i głośno siorpiąc przez słomkę pomarańczową lemoniadę.

– Tak? A mnie się wydaje, że nie bardzo.

– Niby czemu?

– Bo to motocykl. A po drugie nawet nie wiesz, jak się nazywa.

I wtedy go zaskakuję. Pamiętam srebrny, błyszczący napis, jaki zwrócił moją uwagę, gdy pierwszy raz zobaczyłam tę jego maszynę. Uśmiecham się z triumfem.

– Jesteś pewien?

– Myślę, że tak.

– A ja myślę, że jesteś w błędzie, kochanie – odważam się.

– Zawsze możesz mnie z niego wyprowadzić. – Droczy się ze mną.

– Bardzo proszę. Twój motocykl to Triumph Daytona.

Z uznaniem kiwa głową. Widzę, że jest mile zaskoczony. Chyba mu zaimponowałam. Jestem z siebie dumna.

Nie przyznaję się, że zapamiętałam nazwę dzięki Laurze. A właściwie to dzięki jej mamie, która przysłała Laurze stanik z Niemiec z taką samą nazwą firmy na metce. Igor zapala papierosa.

– Nie znoszę, kiedy palisz – mówię.

– Każdy ma jakieś wady.

– Wolałabym, żebyś rzucił.

To jedyna rzecz, która mnie w nim denerwuje Gdyby rzucił, byłby idealny. Ale czy ideały istnieją?

– A gdybym obgryzał paznokcie?

– Wystarczy, że masz czasem smar za nimi.

– No i komary na zębach – żartuje, wydmuchując demonstracyjnie dym z ust w kierunku nieba.

– Może rzucisz palenie? Dla mnie. Co?

Uśmiecha się szelmowsko, zaciągając się dymem. Wpatruje się w dal i nie wiem, co teraz myśli. Przez chwilę jest dla mnie wielką zagadką.

– Słyszałem, że kobiety uwielbią zmieniać mężczyzn...

– Nie ma w tym nic złego. Mężczyźni są przecież jak dzieci.

– ...a kiedy mężczyzna się zmienia – kończy niezrażony – wtedy odchodzą, bo jest dla nich nudny – mówi, gasząc niedopałek o kamień. – Nie staraj się mnie zmienić, bo mnie stracisz.

## 13.

Znów rozdziela nas noc. Zmuszeni resztkami rozsądku, jaki nam jeszcze pozostał, i obowiązkiem sennego funkcjonowania na wykładach następnego dnia, wyrwani z hermetycznego świata naszego uczucia, rozchodzimy się do swoich pokoi. Wracam do akademika, a Igor co kilka dni wyjeżdża w nieznane. I czekam, bo wiem, że wróci.

Jest pomiędzy nami wielka siła przyciągania, ale potrafimy ją okiełznać. Poza pocałunkami, czułymi gestami, muśnięciami rąk i spojrzeniami zamglonych oczu do niczego więcej nie dochodzi. Pozwalamy, by to, co urodziło się w nas, dorosło i okrzepło. W spokoju, bez pośpiechu. Dzięki temu możemy przeżyć jedno z największych misteriów, jakie los daje ludziom. Ulotną chwilę zdobywania siebie po raz pierwszy, wzajemnego kuszenia. Pierwszą zmysłową reakcję na to, czego nie da się wyrazić słowami.

– Chcesz, abym to zrobił? – pyta wreszcie.

Od dawna czuję, że potrzebuję czegoś więcej. Igora pytanie tak wiele znaczy, że mimo podniecenia i ogromnego pragnienia, by głośno wykrzyczeć: „Tak! Chcę! Marzę o tym od dawna!", odpowiadam:

– Nie!

Jednak niebawem staje się zupełnie inaczej.

Widzę siebie we wspomnieniach tego pierwszego razu. Jest jesień, wpatruję się w drzewa za szybą. Tamtego wieczoru jemy u mnie kolację. Nagle ktoś puka do drzwi.

– Czekamy na ciebie – rzuca kolega Igora, starając się pozbawić mnie jego towarzystwa.

– Idź, jeśli chcesz – mówię w odpowiedzi na jego pytające spojrzenie.

W głębi duszy jestem zła, tym bardziej że Igor faktycznie wychodzi. Jestem zawiedziona, że wybrał towarzystwo kolegów i koleżanek, a nie moje. Prawdę mówiąc, jestem wściekła. Miłość oznacza przecież brak kompromisów, dlatego chcę, by był ze mną. Tylko ze mną.

Denerwuję się, tymczasem on wraca po kwadransie.

– I jak tam męska impreza? – pytam z wyrzutem.
– Jak u facetów. Dwóch się pobiło i tyle.
– Musisz tam wracać?

Mam na sobie różową bluzę z kapturem i kołnierzem oplecionym błękitnym sznurkiem. Chwyta go i przyciąga mnie do siebie, jakbym była na smyczy. Spogląda głęboko w oczy. Zastanawiające, jak ludzkie spojrzenie może się zmieniać w zależności od uczuć, jakie w człowieku drzemią.

– Nie muszę.
– To dobrze – odpowiadam. – Więc zostań.
– Tak? A to dlaczego?
– Bo pewnie dadzą sobie radę bez ciebie.
– Tak sądzisz?

I czuję jego dotyk na ręce. Wolno sunie palcem po mojej skórze. Robi mi się gorąco i jestem pewna swoich rumieńców zdradzających podniecenie. Pragnę rzucić się w jego ramiona, tymczasem Igor zbliża usta do mojej twarzy, spogląda mi w oczy raz jeszcze i chwilę potem dotyka delikatnie wargami moich ust, ujmując policzki w dłonie.

Nie jestem mu dłużna. Odwzajemniam ten pocałunek. Wkrótce całujemy się jak opętani. Igor popycha mnie na łóżko. Nie ma w tym żadnej agresji, ale też miejsca na sprzeciw. Poddaję się jego woli, jestem uległa, bo chcę tego samego. Kładzie się na mnie, całuje najdelikatniej, jak tylko potrafi. Wijemy się na moim łóżku. I wtedy już wiem, że będzie moim pierwszym mężczyzną.

Zdejmuje ze mnie kolejne ubrania. Bluza. Stanik. Spodnie. Całuje mój mokry brzuch, syci się zapachem nieśmiałości. Świeżości. Potem całuje piersi. Jego smukłe palce oplatają moją szyję. Jestem z nim Jak niebo i ziemia. Słońce i deszcz. Jak yin i yang. Jesteśmy razem.

Oddajemy się sobie nawzajem do końca. Do najdalszych granic bliskości. Odkrywamy siebie nawzajem, poznając skryte dotąd sekrety naszych ciał. Odtąd nie będziemy już mieć przed sobą żadnych tajemnic.

Wtedy w tym naszym pierwszym zbliżeniu wydaję z siebie cichutki jęk.

– To było to? – szepcze mi Igor do ucha.

Tak. To było to. Właśnie stałam się kobietą.

## 14.

Jest wieczór. Słońce kładzie się na ziemi długimi rdzawymi cieniami. Asfalt boiska pachnie, jest gorąco, z parku dochodzi mnie odległe cykanie skrzydeł świerszcza pomiędzy okrzykami twoich kolegów. Dzisiaj, kiedy stałeś za mną w kawiarni w kolejce, musiałeś mieć wzwód. Wyczułam twojego penisa. Był twardy i sterczał. Nawet nie wiesz, jak bardzo mnie to podnieciło. Nie mogłam się potem uspokoić, ale nie zaczerwieniłam się – przynajmniej tak mi się wydaje. Ciekawe, co powiedziałaby na to Laura...

A teraz patrzę, jak grasz z chłopakami w tę swoją ulubioną siatkówkę, a ja mogę sycić się twoim widokiem, cicha, niezauważona, pod pretekstem oczekiwania na ciebie. Ale naprawdę czekam, od tamtej chwili w kawiarni.

– Kiedy kończycie?

– To już ostatni set, kochanie.

– Aha.

Chwilę później rozkładasz ramiona, uderzasz brutalnie w piłkę, zadając jej ciosy, jak gdyby była twoim największym wrogiem, i wypuszczasz ją ze świstem w powietrze. Prężysz się, układasz do skoku i jest w tobie jakiś nieokreślony magnetyzm. Zwierzęca siła. Widzę, jak pod skórą prężą się twoje mięśnie. Jesteś najpiękniejszym mężczyzną, jakiego kiedykolwiek spotkałam. Te twoje nogi, nad nimi wąskie biodra, płaski brzuch i nad nim maszyneria klatki piersiowej, barków i ramion. Nie ma w tobie miejsca na tłuszcz, jak u mnie.

Na czole, pod precyzyjnie śledzącymi lot piłki oczyma, perli ci się pot. W tej chwili, gdy przygotowujesz się do odebrania serwisu, przypominasz mi orła obserwującego swoją ofiarę, by w odpowiednim momencie – ani za wcześnie, ale też nie za późno – rozłożyć tarczę ze skrzydeł i pokazać: tak, jestem silny, potężny, nie ma we mnie miejsca na strach. Albo jak gigantyczny kot, gotów, by naprężyć ciało i skoczyć, zadając śmiertelne uderzenie uzbrojoną w pazury łapą.

Dziś nie będziesz pachnieć potem. Dziś twoje ciało wydziela zapach seksu. Obiecuje spełnienie, obiecuje przygodę. Oczy ci błyszczą jak dwa ogniki. Chciałabym już teraz wtulić się w ciebie, pozwolić ci objąć mnie swoimi skrzydłami i być w tobie, lecz jeszcze nie mogę. Nie teraz, pozwolę ci na to dopiero przed snem. Będę czekała.

Skóra ci paruje, żyły napinają się na przedramionach pokrytych czarnymi włosami. Przez chwilę, kiedy patrzysz na mnie, wyglądasz, jakby ktoś wyciosał cię dłutem z jednego kawałka kamienia. Wreszcie podchodzisz do mnie, pochylasz się i całujesz mnie w usta.

Ale to dopiero początek. Dziś podaruję ci siebie tak, jak jeszcze tego nie robiliśmy. Będziemy się kochać, będziesz mnie zaspokajał i będę tobą nienasycona jak nigdy.

## 15.

Przyszłość przestaje istnieć. Żyjemy chwilą. A w każdym razie ja żyję. Łakomie chłonę każdą minutę spędzaną z nim. Dzień po dniu, tydzień po tygodniu, a potem miesiąc za następnym. Kiedy wyjeżdża do rodziców, tęsknię, a tęsknota za nim staje się przeraźliwym cierpieniem. W mej głowie kłębią się myśli. Gdy dzwoni, jego głos w słuchawce potęguje moje katusze.

Uciekam od cierpień w malarstwo. Zaskakujące, ale potem nie potrafię sobie przypomnieć aktu tworzenia. Maluję przecież godzinami, a nie pamiętam niczego. Po prostu budzę się i widzę obraz, jak gdyby namalowała go obca osoba. Tyle że moją ręką. Wydaje mi się, że nic nie może zakłócić naszego szczęścia. Ale się boję.

– Źle robisz – poucza mnie Laura. – Coś przecież zawsze może się wydarzyć.

– Nie wierzę.

– Och, nie bądź naiwna – mówi. – Przecież o to tak łatwo. To tylko facet.

Jej słowa są jednak prorocze. Jak ciernie. Faktycznie zaczynam zauważać, że Igor zachowuje się inaczej niż w pierwszych chwilach naszej znajomości. Mówię jej o tym.

– Co chcesz przez to powiedzieć? – pyta. – Myślisz, że mu się znudziłaś?

– Nie wiem. Może nie jestem krytyczna?

– Na pewno nie jesteś. Miłość nigdy nie jest krytyczna.

– Wiesz, Laura, w moich oczach wszystko jest takie różowe. Jestem pewna, że Igor jest człowiekiem, któremu mogę zaufać do końca. Nie sądzę, że mógłby mnie urazić albo świadomie sprawić przykrość. Jest przecież dobry, czuły, troskliwy i wyrozumiały.

– Ale?

– Ostatnio zachowuje się trochę dziwnie.

– Dziwnie? To znaczy? – dopytuje przyjaciółka, a mnie ogarnia przerażenie.

– Inaczej niż zawsze. Obco. Czasem jest dla mnie niezrozumiały.

– Sprawia ci przykrość?

– Na początku tylko niby przypadkiem. Cierpką uwagą, komentarzem, jakąś drobnostką. Teraz jego głupie powiedzonka już mnie nie bawią. Powoli wyprowadza mnie z równowagi.

– Co mówi?

– Niby nic. Ale potrafi w towarzystwie naśmiewać się ze mnie.
– Jak?
– Żartuje z ważnych spraw. Ważnych dla mnie.
– Kłócicie się?
– Nie. Ale ostatnio z trudem powstrzymuję łzy. Pod byle pretekstem wychodzę gdzieś, aby ochłonąć i ukryć zdenerwowanie. Nie chcę, by widział, jak płaczę.
– No ale co robi konkretnie?
– To trudne do wyjaśnienia. Nie zawsze uchwytne. Zapytał kiedyś, przy całej klasie: „To jak dzisiaj będziemy się kochać?". Albo porównywał mnie do byłej dziewczyny.
– Nigdy mi o tym nie mówiłaś.
– Wcześniej mi to tak bardzo nie przeszkadzało.
– Porozmawiaj z nim. Powiedz, co czujesz.
– Myślisz, że powinnam?
– Powinnaś.

Lecz góra lodu przed nami rośnie i nic nie jest w stanie jej zatrzymać. Na wszystko jest już za późno. Titanic naszej znajomości pełną parą pruje spokojną toń zimniej wody wprost na przeszkodę, której nikt z nas nie widzi i której nie będziemy umieli pokonać. A może jest całkiem inaczej, może ten lód jest tylko we mnie i wszystkiemu to ja jestem winna?

## 16.

Pęknięcie na skorupce naszego szczęścia nadchodzi niespodziewanie szybko. Urzeczywistnia się w postaci jego byłej. Kochankowie nie powinni zwierzać się ze swoich byłych związków. Nigdy. Dla swojego dobra. My popełniliśmy ten fatalny błąd.

Niedbalstwo, występek z zaniedbania i nieświadomości. Dożywocie, Wysoki Sądzie, bez szans na przedterminowe zwolnienie.

Wprawdzie w słowach Igora wypadam korzystniej od niej, lecz sam fakt zestawiania mnie z kimś innym, z inną kobietą, upokarza mnie. A do tego z kobietą, z którą kiedyś coś go łączyło. Nigdy się nie dowiem, co to tak naprawdę było.

– Rozumiem.

– Czasem – przyjaciółka słucha mnie uważnie – nie dowierzam własnym uszom. Obracam jego słowa w głupie żarty, ale one bolą jak drzazga. Czuję się bezwartościowa, brzydka i nie umiem się cieszyć życiem. Nie potrafię już być beztroska, spontaniczna i naturalna. A nade wszystko nie potrafię być z nim szczęśliwa. Jak kiedyś. Rozumiesz?

Wzdycha. Widzę, że coś jest nie tak. Nie wiem tylko co. Za chwilę wszystkiego się dowiem. Wszystkiego, czego nie chciałabym nigdy wiedzieć. Tak bardzo nie chciałabym tego usłyszeć.

– Byliśmy ze sobą kilka lat – mówi. – Właściwie o wszystkie te lata za długo – dodaje, spoglądając na mnie.

A mimo to widzę w jego oczach miłość do mnie. To trzyma mnie przy życiu. Tylko to. Nasz statek tonie, zanurza się, już nie pruje fal całą naprzód, lecz z wolna pokrywa pokład czarną tonią. Naiwnie wierzę jeszcze w naszą niezatapialność. Ze łzami w oczach, niezłomna niczym Jack Phillips, naciskam metalowy języczek telegrafu i nadaję rozpaczliwą depeszę: „Ratujcie nasze dusze". Ale Carpathia nie zdąży.

Nie chcę wiedzieć, jak ona wygląda. A świadomość, że mógł to z nią zrobić, jest jeszcze gorsza.

– Jak ona wygląda? – pytam jednak.

– Mam zdjęcie.

– Pokaż.

– Musiałbym poszukać – odpowiada, lecz lepiej, aby milczał jak grób.

To, że była Igora pochodzi z jego miasta, napawało mnie niepokojem, ilekroć Igor wracał do Paczkowa.

Tłumaczę sobie, że tamta kobieta jest częścią jego przeszłości. A przeszłość nie ma przecież znaczenia.

– Nie kochał cię? – Głos Laury jest zatroskany.

– Zapewniał o uczuciach. Uważam, że skoro mnie kocha, jak twierdzi, była dziewczyna już się nie liczy, a wspomina o niej czasem wyłącznie przez sentyment. W końcu stanowili parę przez kilka lat. A w każdym z nas zostaje cząstka poprzednich związków, czy tego chcemy tego, czy nie.

– Więc co się stało?

– Otrząsnąłem się – oznajmia. Kiedy wyjeżdżał do rodziców, spotykał się z nią.

– A to skurwiel!

– To z nią chcę być – mówi Igor, odwracając wzrok. – Nie chcę jej oszukiwać. Znajomość z tobą była tylko układem – dodaje, znów patrząc mi w oczy.

– Układem? – pytam.

– Tak. Na czas studiów.

Nie mam wątpliwości. Coś się kończy, urywa, pęka i roztrzaskuje jak butelka ze szkła. Pokład naszego okrętu pokrywa już woda, jest druga w nocy, generator prądu przestaje pracować, odłamuje się rufa. Słyszę, jak tatko gra na skrzypcach: „Być bliżej Ciebie, Boże, chcę".

Nikt nigdy bardziej mnie nie zranił niż Igor tamtego dnia. Każdy z nas spotyka w życiu kogoś takiego. Nie ma twardzieli, a nawet najwięksi z nich, nawet najgorsze dziewczyny, bywa, że kurwy, wreszcie się zakochują. Wszyscy, bez wyjątku. Karły, złodzieje, bankowcy, księża, nawet mordercy. A potem każdy słabnie, staje się bezbronny w swoim uczuciu, jak wykluwający się owad, odsłaniający miękkie powłoki ku niezliczonym wrogom, łamie swój kręgosłup i idzie na dno.

– Tak to określił.

– Skurwiel. – Laura kręci głową.

Wiele lat później przyjaciółka przypomni sobie to dalekie popołudnie, kiedy wypłakiwałam się ze swojego nieszczęścia w jej ramię. Spotka ją to samo. Będzie zbyt silna, by paść, i zbyt słaba, by się podnieść. Ale ból okaże się identyczny.

– Powiedział, że to była tylko gra – mówię. – Jeśli chcesz – dodał – możemy zachowywać się tak, jakbyśmy nigdy się nie znali.
– Nie znali?
– Nie wierzę!
– Naprawdę.
– No i co zrobiłaś?
– Trzasnęłam drzwiami i uciekłam do parku, by znaleźć się jak najdalej od niego i tamtych słów. Musiałam zostać sama z myślami. Bardzo chciałam wypłakać się, wyryczeć po babsku i wyrzucić kamień z serca. Ale to nie takie proste. Nie potrafię. Czuję się zastąpiona przez inną kobietę. A to znaczy, że wszystko, co do tej pory zrobiłam, nie wystarczyło. Bez sensu. Przegrałam.

## 17.

Cierpię. Spotkamy się już następnego dnia na stołówce, na śniadaniu. To zresztą nieuniknione i można było się tego spodziewać. Każdy, kto mieszka w internacie albo w akademiku, wie, o czym mówię. Takie miejsca mają swoje prawa, tajemnice i rytuały, które niosą ze sobą ciąg pozostałych zdarzeń.

Nie mogę na niego patrzeć. Chce mi się rzygać. Skurwysyn. Pierdolony kłamca, oszust i gnój. Jebany palacz śmierdzących fajek i niedomyty ze smaru szmaciarz. Nędzny bawidamek, pieprzony Romeo, Taki sam jak każdy facet. Skurwiały kłamca. Nie chcę więcej go widzieć na oczy.

Zostawił mnie. Boże, jak ja się strasznie czuję. A ja mu wierzyłam, wierzyłam, że jest wobec mnie w porządku, że jest inny niż pozostali. Boli mnie to, bo poczułam się tak cholernie wykorzystana. Byłam tylko zabawką. Skokiem w bok. Nigdy mu tego nie wybaczę. I że to trwało tak długo! Czemu nie wiedziałam o tym wcześniej?

Oszukiwał mnie. Najgorsze jest to, że ja chyba ciągle go kocham, choć nie jestem w stanie wybaczyć tego, co mi zrobił. Czuję się strasznie.

Unikam spojrzeń, tym bardziej że mam świadomość, gdy patrzy. Zdrajca. Powinni powiesić go za jaja, albo za chuja, narzędzie jego zbrodni. Uciąć siekierą na pieńku, niech więcej nikogo nie krzywdzi.

Widuję go wszędzie. Na stołówce, na korytarzu, w drodze do szkoły. Bo wszędzie mnie prześladuje. Pieprzony Igor. Nie mogę od niego uciec.

Coś się kończy. Czar pryska. Nic już nie będzie takie jak dotąd – myślę. W swej dumie nie chcę, by widział mój ból. Nie pozwalam sobie na pokazanie, jak bardzo mi na nim zależy. Usiłuję zachowywać się obojętnie w jego obecności, ale toczę wewnętrzną walkę ze sobą.

Nauka staje się całkowitą abstrakcją. Nawet jeśli zaczynam coś czytać, nie umiem łączyć zdań w logiczne ciągi. Igor wciąż wraca w myślach jak bumerang. Po chwili łapię się, że mam przed sobą książki, a nie wiem, którą przed chwilą czytałam. Sprawdzam, która jest ciepła, i po tym poznaję. Laura widzi moje cierpienie, ale nie może mi pomóc.

Tracę apetyt, a bezsenne noce stają się kilkugodzinnym koszmarem. A po nich senne, hipnotyczne dni – jeszcze większym. Jedyne, co pozwala mi przeżyć, to moje malowanie po nocach, w ciszy. Uciekam nocami do atelier na strychu akademika i pracuję, pracuję jak opętana. Tworzę obrazy, którymi wszyscy się zachwycają, ale dla mnie to bez znaczenia.

Pewnego dnia przynoszę krajobraz wypełniony kikutami spalonego lasu. Promotor wysyła płótno na Festiwal Malarstwa Współczesnego i wygrywam go. Tymczasem zupełnie nie pamiętam, jak ten spalony las malowałam. Ale wiem, że mam w sobie pustkę. Taką samą jak w mojej pracy. I nawet gdybym dostała nagrodę Guggenheima, niczego to by nie zmieniło. Wszystko dlatego, że

Igor już nie jest ze mną. Nie ma go we mnie tyle, ile było go wcześniej.

Tymczasem ten zdrajca dowiaduje się o konkursie i zaczepia mnie.

– Gratuluję nagrody.

– Dziękuję – odpowiadam.

Mam ochotę wbić mu trzonek pędzla w pieprzone, błękitne oko.

– Głupio wyszło między nami. Przepraszam.

– Przepraszam? – Nie wierzę własnym uszom. – Przepraszam? Myślisz, że po czymś takim jedno „przepraszam" załatwi wszystko?

– Wiem, że nie, ale nie wszystko jest takie proste, jak myślisz. Ja też mam swoje uczucia, rozterki.

– Spierdalaj.

A potem wymiotuję w kiblu, rzygam żółcią, tym, co we mnie zalega, żalem, rozczarowaniem i bólem.

Jednak z czasem odnawiamy kontakt. I, o dziwo, tak, wracamy do siebie. Brnę w przepaść, nieistotne dlaczego. Najpierw rozmowy, potem pierwsza po ostatniej wspólna noc. Staje się. Nie można tego cofnąć. Płaczę po niej w łazience, tak aby nie zauważył. Łzy są naprawdę słone. I znów rzygam. Nie zauważa.

A potem noc druga, trzecia. Kolejne. Ale ja jestem głupia – myślę. Wiem to, ale brak mi siły. I wtedy, na dnie tego faktu, przyznaję Igorowi rację. Właśnie sama zgodziłam się na ten „układ".

## 18.

Doskonale pamiętam ten dzień. Listopad. Na szybie schną ślady łez. Przyzwyczaiłam się, choć brzmi to strasznie. Igora nie ma. Pojechał do... Pewnie do niej. Choć twierdzi, że już się nie spotykają. Nie wierzę mu, ale mało mnie to obchodzi. Przynajmniej tak mi się zdaje. Cholerny, pieprzony przystojniak. Ma nade mną władzę, bo go kocham. Bo miłość to odebranie siły, zabranie panowania nad sobą samym. To choroba ciała i duszy.

Mogłabym powiedzieć, że jestem z tym pogodzona. Ale czy to w ogóle możliwe? Nie sadzę, aby można było pogodzić się ze śmiertelną chorobą. Nawet na łożu śmierci musi tlić się iskierka nadziei, że może jest jeszcze szansa... Gdy ta nadzieja umrze, razem z nią umrze człowiek. Nawet jeśli żyje w sensie fizycznym.

– Jest pani w ciąży.

– Co? To niemożliwe! – odpowiadam.

Lekarz spogląda na mnie i widzę w jego oczach, że słyszał to wielokrotnie. Zdejmuje okulary, przeciera je ściereczką w kolorze oczu Igora, a ja uświadamiam sobie, że będę mamą. I przeraża mnie myśl, kto jest ojcem mojego dziecka.

Miłość to coś, czego tak naprawdę nie ma. Nie istnieje. Nie można jej dotknąć, opisać, namalować. Można próbować i tak też od wieków czynią najróżniejsi straceńcy. Ale w istocie miłość jest tylko brakiem litości.

– Przepraszam, ale jestem zaskoczona – tłumaczę przez łzy. – Zabezpieczałam się i...

– I nie jest pani w tej chwili przygotowana na to, aby zostać matką?

– Właśnie.

– Nie pani jedna, nie pierwsza i nie ostatnia. Takie jest życie. Proszę mi wierzyć, wiele kobiet chciałoby się znaleźć na pani miejscu. Ma pani jeszcze osiem miesięcy, aby się przygotować. To dużo czasu, zdąży pani ułożyć sobie życie.

Wracam. Zamykam się w atelier. Po obrazie ze spalonym lasem pojawia się następny dobrze oceniony, a za nim jeszcze jeden. Malarstwo pozwala mi to wszystko przetrzymać.

– Kiedy?

– Podobno wczoraj, wieczorem.

– Ale jak?

– Na skrzyżowaniu. – Słyszę. – Chyba nie z jego winy.

– O Boże! Nie!

Ale to prawda. Wtedy coś we mnie pęka. Wiadomość o wypadku smaga mnie biczem po plecach, piersiach, dłoniach i twarzy. I wtedy uprzytamniam sobie, że nadal go kocham.

Odwiedzam go w szpitalu. Wygląda fatalnie. Cały w bandażach, powiązany, spętany bólem. Ale żyje. Potem przychodzę jeszcze raz, i jeszcze raz. Zaczyna jaśnieć wiadomość, która odwraca o sto osiemdziesiąt stopni wszystko, co do tej pory czułam, myślałam lub planowałam. A z upływem czasu znika to, co nas dotąd dzieliło.

Nadal ukrywam przed nim ciążę. Na szczęście to pierwsze tygodnie, więc nie mam trudnego zadania. Nie mogę go zostawić samego

– W końcu będziesz musiała mu o tym powiedzieć – poucza mnie Laura.

– Nie wiem, jak na to zareaguje.

– Ale nie masz wyjścia.

Gdy Igor wychodzi ze szpitala, pomagam mu w rehabilitacji. Ta jego kobieta, ta szmata, do której jeździł na złamanie karku, zostawia go. Czuję chorą satysfakcję z tego powodu, choć przecież to do niej wracał, to do niej jeździł nawet wtedy, kiedy znowu byliśmy razem. Jego wypady, by pomóc ojcu, były tylko częścią prawdy. To przez nią teraz choruje.

Po tym jak odwiedziła go kilka razy w szpitalu i w końcu z nim zerwała, Igor się załamał. Całymi dniami milczy, nie odzywa się do mnie i tylko siedzi wpatrzony w widok za oknem. W jego oczach nie ma blasku. Są jak suchy lód. I jestem ja. Przy nim.

Tymczasem to, co mam pod sercem, rośnie. Udaje mi się uzyskać tytuł magistra sztuki, planuję, że pójdę do pracy. Przecież nie mogę żyć z malowania, a stypendium już nie dostanę. Igor mnie potrzebuje, wiem o tym. To nie ma najmniejszego sensu, ale chcę z nim być. Nie przez litość. Czuję, że mogę mu pomóc, więc dlaczego nie dać losowi drugiej szansy? Choć wiem, że będzie to najtrudniejsza próba mojego życia.

Zaraz potem widzę kolejne wspomnienie. Laura pojawia się cicho. Na początku nic nie mówi. Nie przeklina, tak jak zwykła to robić, gdy jest podekscytowana. Po prostu patrzy w lustro. Ocenia swój wygląd. Wystarcza jej trzydzieści sekund, podczas których zdąża nawet wycisnąć wągra, którego i tak prawdopodobnie nie ma, bo Laura używa najlepszych kosmetyków, a zresztą ma fantastyczną cerę. Zdąża jeszcze spojrzeć na siebie z profilu i poprawić włosy, a potem zadaje bez zastanowienia, w swoim stylu, to swoje precyzyjne pytanie prosto z mostu:

– Więc co się stało?

– Nie wiedział o ciąży. W przeddzień wyjścia z ośrodka rehabilitacji zapytał mnie o coś bardzo ważnego.

– O co takiego?

– Spojrzał mi prosto w oczy i spytał: „A zdecydowałabyś się być z kimś takim jak ja? Na zawsze?".

– I co odpowiedziałaś?

– Nie mogłam wytrzymać jego spojrzenia. Wyraz jego oczu prześladuje mnie do dzisiaj. Doskonale wiedział, o co pyta. I ja wiedziałam, o czym mówił, choć żadne z nas nie nazwało tego wprost, po ludzku, po imieniu.

– No ale co odpowiedziałaś? – Laura naciska.

– Powiedziałam, że nie wiem, że mu nie powiem. Żeby dał mi czas do namysłu. Że jest przecież tyle przeszkód.

– O czym ty mówisz? – Usłyszałam od Igora.

– Teraz – tłumaczę cierpliwie – najważniejsze jest twoje zdrowie.

– Tak? Naprawdę?

– Skąd mam wiedzieć, czego chcę? – Bronię się. – Mam dwadzieścia cztery lata! Nie rozumiesz? Nie chcę się jeszcze wiązać z kimś na całe życie. Dla mnie jest jeszcze za wcześnie.

– Rozumiem – odpowiedział szeptem. – Dziękuję, że byłaś przy mnie.
– Aha. – Laura zdaje się już rozumieć.
– Dopiero po jakimś czasie zrozumiałam, że Igor chciał mi się oświadczyć. Minęły przecież ponad trzy miesiące od wypadku i pewnie wiele przemyślał. Zrozumiał, że ugrzązł między dwiema miłościami, i starał się dokonać racjonalnego, męskiego wyboru. I zrobił to. Wybrał mnie. A ja nie wierzyłam mu po tym, co zafundował mi kilka miesięcy wcześniej. Nie wierzyłam, że mogłabym wygrać z tamtą dziewczyną. A ona, wiem, że to zabrzmi strasznie, ale taka jest prawda, ona dzięki wypadkowi pokazała Igorowi prawdziwą miłość. Pomylił miłość z zakochaniem. A miłość jest tym, co zostaje, gdy zakochanie znika. I tamta kobieta przegrała ze mną.
– A ty tego nie zauważyłaś?
– Właśnie. Kochałam go, ale nie zdawałam sobie sprawy jak bardzo.
– Nie byłaś gotowa na miłość?
– Nie byłam jeszcze gotowa, aby wrócić do niego. I to z dzieckiem. Tym bardziej że wciąż dręczyła mnie pamięć o tamtej dziewczynie. Igor był wysportowany, przystojny. Grał w siatkówkę, dobrze się uczył, miał wielkie plany. Podobał się wielu kobietom.
– No i co z tego?
– Opowiadał o tym, a mnie to bolało. Bałam się, że znów mnie opuści. Analizowałam jego słowa. Dorabiałam znaczenia i wykrzywiałam rzeczywistość.
– Dlaczego?
– Ponieważ milczałam w cierpieniu. Byłam wtedy zwykłą, szarą dziewczyną, która niczym się nie wyróżniała. Nie byłam piękna, przebojowa i nikt nie widział mnie w roli gwiazdy socjogramu.
– Nieprawda! Zresztą co z tego?
– Nie mogłam go zostawić w chorobie, a nie byłam jeszcze gotowa, żeby być matką jego dziecka i jego żoną. Potrzebowałam czasu.

– I co się stało?
– Tamtego dnia, kiedy nie umiałam odpowiedzieć na jego zaręczyny, widziałam go po raz ostatni.
– Jak to?
– Gdy następnego dnia przyszłam do szpitala, jego łóżko stało już puste. Powiedziano mi, że wypisali go wczoraj na jego własne życzenie.

Wszystko, co nas do tamtej chwili łączyło, znalazło się na dnie. A ja uznałam, że wrak powinno się pozostawić w spokoju jako mogiłę.

## 19.

Dalej nic nie pamiętam. Nie wiem, co było potem. Budzę się kilka dni po rozstaniu z Igorem. Tym razem to ja jestem w szpitalu. Ten sam lekarz, który zapewniał mnie ze zrozumieniem, że wszystko będzie dobrze i do którego regularnie zgłaszałam się, gdy Igor był rehabilitowany, teraz wyjaśnia mi, że nie ma żadnej ciąży i nigdy jej nie było.

– To była ciąża rzekoma.
– O czym pan mówi?
– Pani Julio – zaczyna spokojnie – wystąpiło u pani rzadkie zaburzenie.
– Jak to?
– Opowiadała mi pani o pani partnerze, wypadku na motocyklu i tak dalej. Czasem u kobiet, które spotyka w życiu traumatyczne przeżycie, mimo braku zapłodnienia dochodzi do somatycznych zmian w organizmie. Rozumie pani?
– Nie.
– Pojawia się – wyjaśnia cierpliwie – tak jak w przypadku ciąży, na przykład powiększenie obwodu brzucha oraz piersi, zatrzymanie miesiączki, powiększenie macicy i tak dalej. Tyle że nie ma płodu.
– I to mnie spotkało?
– Tak.

– I dlatego jestem w szpitalu?
– Niestety z innego powodu.
– Poroniłam? – pytam, po czym natychmiast dopadają mnie jak bumerang słowa, że przecież żadnej ciąży nie było.
– Nie, znalazła panią pani przyjaciółka.
– No ale co się stało?
– Tego nie wiemy. Sądzimy, że była pani ogólnie osłabiona. Zrobiliśmy szereg badań i na szczęście wszystko wydaje się w najlepszym porządku.

## 20.

Dobrze, że w moim życiu jest Laura. Bez niej byłabym całkiem sama.
– Wiesz – mówię – po tym wszystkim śnił mi się wiele razy.
– Po czym wszystkim?
– Po tym jak bez słowa wyjechał, a ja wyszłam ze szpitala i zaczęłam nowe życie.
W tamtym czasie podjęłam pracę w szkole jako nauczycielka plastyki. Przecież nie mogłam żyć z malarstwa. Nie jestem Hansem Gigerem, a Polska to nie Szwajcaria.
– Przez te wszystkie lata, ilekroć dzwoni telefon, mam nadzieję, że to on. Po pracy zerkam do skrzynki, czy nie napisał.
– Przecież na ostatniej Wigilii w akademiku życzył ci – mówi Laura – żebyście po końcu szkoły się spotykali nadal.
– Tak – przyznaję. – Pamiętam dokładnie, że powiedział: „Niech nasza znajomość nie zakończy się wraz z opuszczeniem tych murów".
– No więc?
– Ale potem – tłumaczę Laurze – tak wiele się w naszym życiu zmieniło.
– Przecież łączyło was tak wiele.

– To prawda – przyznaję.
– I przez lata nie zadzwonił, nie napisał, nigdy cię nie odwiedził?
– Odwiedzał regularnie...
– Więc jednak?
– ...ale tylko w snach. – Uśmiecham się gorzko.
– Aha. Pamiętasz jakiś?
– Tak.
– Opowiedz.
– Widzę, jak podchodzę do niego od tyłu, zakrywam oczy rękoma i milczę. Wymienia natychmiast moje imię. Uśmiecham się, lecz dalej milczę. Tymczasem po chwili wymienia imiona innych kobiet, które dziurawią moje serce jak sztylet.
– To tylko sen – bagatelizuje Laura. – Odzwierciedla jedynie to, co działo się w twojej głowie, a nie prawdę.
– Wiem. Ale te sny były takie bolesne, realne. Pamiętam taki jeden. Spotkaliśmy się w internacie. Uśmiecham się na powitanie, a Igor odpowiada pytaniem: „Czy my się znamy?".
– I co?
– I rzucam się na niego z pięściami. Z czasem te sny stają się coraz bardziej realne i coraz bardziej bolesne. A ten ostatni boli najbardziej. Po nim nie przyśnił mi się już nigdy.
– To tylko sny, mówiłam ci już.
– Ale mogą ranić tak samo jak rzeczywistość. Granica między prawdą a snem może szybko się rozmyć. Tak jak w tym jednym...
– W jakim?
– Widzę w nim Igora, z żoną i synem. Siedzimy w ciszy przy stole, a pomiędzy mną a swoją rodziną Igor wznosi mur z kolorowych cegieł. Widzę na nich obrazki z naszego życia i cyfry, które nic mi nie mówią. Kiedy wściekła burzę ścianę, cyfry na cegłach układają się w da-

ty, a za murem znajduję klucz, dziecięce ubrania i strzelbę.

Laura milczy. Widzę, że moje słowa ją niepokoją. Zawsze wierzyła w to, że w snach przychodzą do nas zmarli albo przepowiednie. Wreszcie przełamuję swój strach i pytam:
– Myślisz, że to coś znaczy?
– Znalezienie klucza we śnie oznacza – wyjaśnia rzeczowo przyjaciółka – że odszukasz odpowiedź na pytanie, które od dawna cię trapi.
– A strzelba?
– Szaleństwo.

## 21.

Przychodzi zima. Po niej wiosna, lato, a potem znów jesień. Mało romantyczna pora na miłość. Chociaż z drugiej strony – dlaczego nie? Liście są kolorowe i w ogóle. Wiadomo, to nie czerwiec, ale czy to ma jakiekolwiek znaczenie?

Żadna miłość jednak nie nadchodzi. Beznadzieja ciągnie się w najlepsze. A ja przecież nie jestem jeszcze staruszką, do jasnej cholery! Mam dopiero trzydzieści lat. Nie jestem nawet starą panną. Co najwyżej singielką, jak to się teraz mówi.

A młodość to przecież nie sposób patrzenia, ale odbioru. Nie zmienia ostatecznego efektu. Nie zmienia początkowego celu. To tak, jakby będąc niewidomym, odzyskać wzrok, ale móc dostrzegać tylko obrazy, nic poza tym. Nie widzieć tego, co jest za ramą, ale tylko w niej. Upośledzenie Mirabelle. Kiedyś o tym czytałam.

Czasami, choć szczerze powiedziawszy, bardzo rzadko, zabieram papier, ołówek i wychodzę coś naszkicować. Nigdy nie odważyłabym się wziąć sztalug i z własnej nieprzymuszonej woli taszczyć je, aby potem spróbować coś stworzyć. Przenigdy. Lecz przychodzi taki czas, że chcę coś naskrobać, nic ważnego. Raczej pobyć malarką w plenerze. Z ludźmi. Ale zazwyczaj wychodzi z tego kolejny list do Igora.

Malarką w plenerze? Brzmi to, jakbym co najmniej mieszkała na Malej Stranie. Tymczasem Wrocław to nie Praga. Owszem, mogłabym wsiąść pewnego dnia w pociąg na czwartym peronie i sto trzydzieści kilometrów dalej wysiąść, potem ruszyć z Międzylesia, jak z nim w czasach studenckich, na Śnieżnik. Igor uwielbiał przecież góry. Jeździł w Tatry, Bieszczady albo Sudety tak często, jak tylko mógł. I śpiewał, że jesienią są one najszczersze. Pamiętam to dobrze. I tęsknię za tym jego śpiewaniem o górach, nawet jeśli wiem, że z nią też tam jeździł. Zastanawiam się tylko, jak często byłyśmy w tych samych miejscach.

## 22.

Wybieram wodę. Nigdy jej nie lubiłam, ale zamiast Śnieżnika będę miała Jezioro Mietkowskie. O sto kilometrów bliżej, a panorama Sudetów nie będzie mi przypominać utraconej miłości. Jadę samochodem i myślę o latach, jakie minęły od mojego rozstania z Igorem. Jak to brzmi – myślę – „minęły lata"... Ale taka jest prawda. Dni, tygodnie i miesiące zamieniają się w końcu w lata.

Spoglądam w lusterko. Wiem, że zmarszczki wokół oczu odróżniają mnie od tamtej, trochę nieśmiałej studentki na zdjęciach. Szkoda, że wszystkie nasze fotografie zniszczyłam po rozstaniu z nim. Dzisiaj tego żałuję, bo jestem ciekawa, jak się zmienił. Lecz tego, co zrobiłam, nie da się już cofnąć.

Naszych zdjęć nie ma, a pamięć? Cóż, to nie to samo. Fakt, Igor nadal codziennie odwiedza mnie w myślach, ale staje się coraz mniej realny. Mniej ostry, jakby zatapiał się we mgle, która gdzieś paruje od spodu, chyba z ziemi. Marzę o ranku, kiedy po przebudzeniu uświadomię sobie, że wczoraj nie myślałam o nim.

Pierwszy raz! I wiem, że tak będzie. Kiedyś. Lecz jeszcze nie teraz. Jeszcze nie jestem na to gotowa. Wciąż jeszcze mam za sobą za mało wczoraj.

Czasem chciałabym spotkać innego mężczyznę. Może byłoby prościej. Marzę o tym i fantazjuję. Ale bez twarzy, bez konkretów. I nie wiem, czy to byłoby uczciwe. Wobec tego mężczyzny ze snów, wobec mnie samej, no i Igora. A jednocześnie zastanawiam się, gdzie mieszka, czym się zajmuje. Może ma dzieci? Może ożenił się z jakąś kobietą? A może... Odpędzam natrętne myśli. Po co mi one?

Mijam Mietków. Las pachnie spadającymi liśćmi. Docieram do Borzygniewia. Zostawiam samochód na parkingu. Sprawdzam raz jeszcze, czy jest zamknięty. Zawsze to robię. Naciągam kaptur na głowę i ruszam przed siebie w kierunku jeziora. Uświadamiam sobie, że brakuje mi babci. Chciałabym do niej zadzwonić albo po prostu przyjść do niej, odwiedzić, porozmawiać. Napić się razem herbaty. Często odwiedzam jej grób na cmentarzu i myślę sobie, że wreszcie ma spokój. Mam taką nadzieję. I że jest znów z dziadkiem. I moim tatą.

– Ogólnie w życiu mi dobrze – marzę, by móc się jej zwierzyć. – To znaczy jakoś sobie radzę.

– Skąd miałaś pieniądze na nowy samochód? – zapytałaby pewnie.

– Kupiłam na kredyt – odparłabym. – Mam dobrą pracę. Mogę sobie na to pozwolić.

– Za moich czasów było nie do pomyślenia, aby kobieta siadała za kierownicą.

– A ja, babciu, lubię jeździć – powiedziałabym jej zgodnie z prawdą.

„To sprzyja wspominaniu" – tego bym już nie powiedziała. Po co ją martwić? Zawsze starałam się ukryć przed babcią kłopotliwą prawdę. Ale ona i tak ją odkrywała. Wiedziałaby, że wspomnienia mnie bolą. Szczególnie te dobre, choć z czasem wszystkie takie się stają.

– Może ta twoja miłość do Igora także była takim kredytem?

– Jakim kredytem?

– No jak pożyczka na ten samochód.

– Tak myślisz?

– Życie jest długie. Różnie z nim bywa. Skąd możesz wiedzieć, co masz zaplanowane w niebie? Przeżyłaś miłość za młodu, a nie każda miał to szczęście.

– Szczęście? Miłość, za którą teraz mam spłacać złodziejsko wysokie odsetki, płacąc samotnością dojrzałej kobiety?

– Tak właśnie jest z pożyczkami, Juleczko.

– Szkoda, że procent jest taki wysoki. Pieprzona lichwa uczuć.

Idę w kierunku jeziora, wieś jest cicha, spokojna. Na wzgórzu widzę otoczony murem kościółek z kamienia. Idealny, aby wziąć w nim ślub – myślę. Tylko z kim? Dalej ruiny. Zaskakujące, ale bardziej pasują do krajobrazu mojego życia niż wizja ślubu.

– Wszystko się kiedyś ułoży. – Słyszę głos babci, ciepły, uspokajający. – Cierpienia mijają, rany się goją. Tak samo jak wojsko. Przychodzi, pali, co może spalić, a potem znika.

– A potem zostają wspomnienia. Jak skorupa murów w tym pałacyku. Z oczodołami okien, bez dachu, pewnie wypalony przez Ruskich albo Niemców. – Przemyka mi przez myśl, kiedy stoję wpatrzona w ruiny.

– Pamięć ci wciąż nie odpuszcza?

– Niestety. Na szczęście mam pracę, którą lubię – odpowiadam jej w myślach. – Ale szkoła, babciu, nie jest szczytem moich marzeń o karierze malarskiej.

– A pozwala ci przeżyć?

– Tak. I do tego dalej malować. Sprzedaję swoje obrazy, biorę dodatkowe godziny i w ten sposób odsuwam swoją samotność gdzieś dalej, poza siebie. Obok. Na boczny tor.

– Jak każdy samotny. Wszyscy tak robią. Niewielu ma odwagę, aby się do tego przyznać.
– Tak myślisz?
– Jestem już stara. Dużo widziałam. Wiem o tym dobrze. Niejednego takiego znałam. I niejedną. To zawsze działa tak samo, zmieniają się tylko rekwizyty.
– Rekwizyty?
– To, czym zastępuje się brak drugiej osoby. Kariera, pieniądze, podróże. Mężczyźni zaglądają do kieliszka, kobiety się stroją, bogacą albo też piją. Czasem zdradzają. To, co wy dzisiaj, młodzi, nazywacie seksem, to zawsze sprowadza się do tego samego.
– Żeby uciec?
– Żeby zapomnieć.
– Chciałabym zostać matką. Bardzo.
– A żoną?
– Już mniej.
– Dlaczego?
– Żeby być żoną, trzeba mieć męża, a ja... – Nie kończę. – Wiesz, babciu, mam czasem wrażenie, że wszystko, co mnie otacza, to dom wariatów. Kombinat przetwórstwa ludzi, w którym jestem tylko małym punkcikiem, kropeczką, cyferką, gdzieś w jakimś zestawieniu, statystyce, bilansie. Pracuję, mam PESEL, NIP, konto bankowe i trochę pieniędzy. Tylko co z tego?
– To jest właśnie samotność.
– Wpadłam w tryby maszyny – skarżę się – która choć czasem zgrzytnie, wypluje z siebie jakieś spaliny. Wysiadam z pociągu w tłumie takich samych ludzi, ubranych w identyczne ubrania, kupione w sklepach dla wszystkich za banknoty, które przekazywane są między dłońmi co chwilę, codziennie, miesiąc po miesiącu, a potem latami.
– Takie jest życie. Nie można stanąć obok.
– Mieszkam w bloku, w jednej z tych dziupli wykutych w betonowym nabrzeżu kilkudziesięciotysięcznej dzielnicy Wrocławia, jak w gnieździe jaskółki brzegówki,

gdzieś na skarpie albo nad rzeką. Mijam w windzie sąsiadów, pozdrawiając ich sztucznym uśmiechem, ale to obcy mi ludzie. Nic o nich nie wiem.

– I dlatego dzisiaj zdecydowałaś się odpocząć, pobyć sama? Jak wy na to młodzi mówicie?...

– Wyluzować się.

– Właśnie – wyluzować się. Tego teraz potrzebujesz?

– Tak.

– No i dobrze.

– Tak myślisz? – Dziwię się. – Nie uważasz, że to marnotrawstwo czasu?

– Przecież to tylko kilka godzin. Nawet nie jeden dzień. Czasem trzeba przystanąć, żeby poukładać w głowie myśli. A dzień jest przepiękny. Słoneczny i niezbyt chłodny. No i to wcale nie ty kierujesz tym, co się z tobą dzieje, Juleczko. Pamiętaj o tym.

– Co? Co powiedziałaś? Co masz na myśli? – Chciałabym jeszcze zapytać, ale nie słyszę już jej głosu.

Dostrzegłam wodę i babcia znika z mych myśli. Zalew Mietkowski jest piękny. Słyszę nad głową świst piór i krzyk. Patrzę w górę, ale razi mnie słońce. Mrużę oczy. Po niebie przesuwają się klucze ptaków, chyba żurawi. Klucz faluje, płynie po niebie, jakby stanowił jedno ogromne zwierzę. Ptaków musi być kilkadziesiąt, bo wielkie „V" z ramionami o różnej długości przysłania niemal pół nieba. Wreszcie dostrzegam, to pierwszy, prowadzący ptak krzyczy co chwilę. Pewnie po to, by inne wiedziały, gdzie lecieć. Uśmiecham się. Postanawiam je namalować. Już kiedyś ktoś to zrobił – przypominam sobie sławny obraz. Ach tak – wreszcie znajduję w myślach nazwisko. Józef Chełmoński. Chyba.

Ptaki znikają za horyzontem. Wychodzę na długie, drewniane molo w kształcie litery „T", wpuszczone daleko w taflę jeziora. W przystani widać kilka jachtów, są jacyś wędkarze. Wszędzie wokół jest rudo. Nad horyzontem unosi się niemal pionowo w górę warkocz dymu.

Ktoś pali ognisko, pachnie jesienią. Wiatr ucichł, na zachodzie niebo podpala się purpurą, intensywniejszą z każdą sekundą.

Idę przed siebie i nagle znów dopada mnie ten widok. I tamten dzień, kiedy Igor zabrał mnie na Ślężę na tym swoim cholernym motorze. Nie umiem opędzić się od tamtego wspomnienia. Jest w tym coś okrutnego, bezwzględnego, jakbym była tylko ziarenkiem piasku przesypywanym w wielkiej klepsydrze. Łzy cisną mi się do oczu. Z nieba spada wolno, bezgłośnie pióro jakiegoś ptaka. Pewnie jednego z żurawi – myślę i obserwuję tor jego lotu. I nagle tracę grunt pod stopami. Przez chwilę nie wiem, co się dzieje, i nim się orientuję, mam już głowę pod wodą. Wraz z nią otacza mnie przerażająca, paniczna świadomość. Tonę.

– Pomocy! – Udaje mi się zawołać. – Ratunku! – krzyczę i w tej samej chwili usta natychmiast wypełnia mi woda.

Ubrania ciągną mnie w dół. Jezu, przecież nie potrafię pływać! Nigdy się nie przełamałam i nie nauczyłam. Panicznie boję się, kiedy woda sięga mi pod brodę, tymczasem teraz nie czuję nawet niczego pod stopami.

Woda jest zimna. Ciemna. Cicha. Wiem, że jestem nie dalej niż metr, może dwa od pomostu, lecz ta świadomość mi nie pomaga. Słabnę. Jezu – myślę – umrę! Umrę! Zaraz umrę, w tak głupi sposób! Co chwilę otacza mnie przerażająca cisza. Niczym obcy świat. I jest w nim coś bezwzględnego. On wciąga mnie. Pochłania.

Macham pod wodą rękami, ale czuję, że nade mną zamyka się bezlitosna otchłań. Jest coraz ciemniej. Żołądek wypełnia mi woda. Chciałabym ją zwymiotować, ale wszędzie jest woda. Walka trwa tylko kilkanaście sekund. Do momentu, kiedy zaczynam rozumieć, że to koniec, i się poddaję.

Dalej jest już spokojnie. Strach mija. Wszystko przestaje mieć znaczenie. Jest zupełnie cicho. I tylko słyszę tego jednego ptaka od zgubionego pióra, który gdzieś w górze mnie nawołuje, krzyczy, abym wiedziała, w którą stronę płynąć, chociaż już całkiem opadłam z sił. A więc to tak się umiera? Dalej jest tylko ciemność.

## 23.

Umarłam – to pierwsza myśl, jaka dopada mnie po śmierci. A jego twarz, Igora, jest pierwszą, jaką widzę w zaświatach.

– Cześć! – Igor wita się ze mną z ciepłym uśmiechem.

– Co tutaj robisz? – odpowiadam natychmiast.

– Pojawiłem się, aby zdążyć.

– Zdążyć? Na co chcesz zdążyć?

Igor znów mnie obrzuca tym cholernie seksownym, pełnym uroku, łobuzerskim uśmiechem jak tamtego dnia, kiedy pojawił się w moim życiu na balkonie akademika Akademii Sztuk Pięknych.

– Zdążyć przed czym.

– Więc zdążyć przed czym? – Poprawiam się zgodnie z jego sugestią.

– Przed twoimi urodzinami. Od lat próbuję złożyć ci życzenia, ale jakoś mi się nie udaje.

– Jesteś szalony – odpowiadam zaszokowana.

– A ty wciąż piękna.

– Przestań.

– Nie przestanę – oponuje – i złożę ci te życzenia. Nie będziemy mieć przecież nigdy więcej ku temu okazji.

– Skąd wiesz?

– Nigdy nic nie wiadomo. A utracone okazje, szanse, możliwości nie wracają do nas. Kiedy je utracimy, to raz na zawsze. Dlatego, kochana Juleczko, niech twoim życiem kieruje najpiękniejszy sen, jaki można wyśnić, a każdy dzień niech ma kształt i zapach marzeń. Nigdy nie znałem kobiety, która równie pięknie jak ty potrafiłaby walczyć o miłość. Podziwiam cię za to. Teraz, kiedy jestem bardzo daleko, widzę to jeszcze wyraźniej i cieszę się, że mogę się temu przyglądać.

– O czym ty mówisz?

– Masz w sobie to, co najpiękniejsze w człowieku – przerywa mi Igor, milczy chwilę, a potem podnosi wzrok i dodaje: – prawdę. Julka, dobrych, mądrych i oddanych przyjaciół ci życzę, którzy ciebie docenią. Będąc tutaj, na ziemi, nie mamy skrzydeł, ale możemy być drabiną, po której anioły mogą znosić dobro. Absolutnie, zawsze, gdziekolwiek będziesz i cokolwiek będziesz robiła, pamiętaj, że jesteś jedyną w swoim rodzaju, wyjątkową kobietą. Kimś, kto zasługuje nie bardziej niż ktokolwiek inny, ale też nie mniej, na miłość.

Nie wiem, co powiedzieć. Igor nagle zaczyna znikać we mgle, a do mnie zaczyna docierać ciche „pik, pik, pik". Mija sekunda i słyszę „pik", potem następuje cisza i znów słyszę „pik". Sekunda, i znów to samo.

## 24.

Krztuszę się, a potem wymiotuję. Pikanie pochodzi od elektrokardiogramu. A więc nie umarłam, nie utopiłam się. Ale nie jestem w szpitalu. Leżę w karetce na noszach. Właśnie wróciłam do żywych.

Lekarz uśmiecha się do mnie ciepło. Drażni mnie czerwony kolor w jego ubraniu. Fatalnie się czuję. Jest mi zimno.

– Nie musi się pani martwić. – To pierwsze słowa, jakie docierają do mojej świadomości.

– Żyję?

– Skoro rozmawiamy, to na to wygląda. Wszystko jest już opanowane – mówi z cieniem uśmiechu na ustach.

– Co się stało, panie doktorze?

– Nie jestem lekarzem – wyjaśnia – tylko ratownikiem medycznym. Tak czy owak nic pani nie grozi.

– To dobrze – odpowiadam jak rasowa idiotka.

– Tak?

Ratownik spogląda na mnie zdziwiony. Przez chwilę nie potrafię niczego wyczytać w jego spojrzeniu, ale wiem też, że nie spogląda obojętnie. Po chwili rozumiem. O Jezu! – myślę – taki wstyd.

– Pan myśli, że ja, że ja chciałam... Tak?
– Nie wiem, na to wygląda.
– Ech – odpowiadam wściekła na siebie. – Wpadłam do tej cholernej wody, a nie umiem pływać. Gdybym chciała się zabić, wybrałabym skuteczniejszą metodę.
– Zabierzemy panią do szpitala na obserwację.
– Do szpitala?
– Miała pani sporo szczęścia. Mogą wystąpić powikłania, chociaż jak widzę, nie jest z panią aż tak źle.
– Domyślam się – odpowiadam. – Czuję się dobrze – kłamię jak z nut, bo ledwie żyję.
– Oczywiście nie możemy pani zabrać na siłę – mówi – ale jak widzę, doszło do zachłyśnięcia się wodą po początkowej fazie skurczu krtani. Straciła pani przytomność. To oznacza brak tlenu oraz nagromadzenie się dwutlenku węgla. Musimy sprawdzić pani płuca. Wody w nich na pewno nie ma, ale może dojść do obrzęku. Woda mogła dostać się do pani krwi, stąd też jest ryzyko migotania komór serca. Proszę się zastanowić. To bardzo poważna sprawa.
– Czy to naprawdę konieczne? Zostawiłam tu gdzieś swój samochód. Jak potem po niego wrócę? Jestem z Wrocławia.
– Coś pani powiem. – Widzę, że ratownik jest zirytowany. – Gdyby nie tamten facet – wskazuje szpakowatego mężczyznę za oknem karetki – byłaby pani na tamtym świecie. I nie byłoby już problemu z samochodem. Właściwie z tego, co widzę i co powiedział, to już jedną nogą pani tam stała. Miała pani nie więcej niż cztery, może sześć minut. I tamten gość ten czas wykorzystał.
– To on mnie wyłowił? – pytam ciszej.

– Wyłowił? – Ratownik się dziwi. – Tak, wyłowił. To dobre słowo. A potem przeprowadził resuscytację i sztuczne oddychanie. No i zadzwonił po nas. Gdyby nie on, leżałaby pani już w czarnym worku. Zamiast mnie kręciłby się tu gdzieś prokurator.

– Przepraszam. Jedźmy – odpowiadam i patrzę na człowieka, któremu zawdzięczam życie.

## 25.

Po wyjściu ze szpitala natychmiast jadę autobusem po swojego fiata. Pekaes wlecze się niemiłosiernie przez wioski, lecz jest w tym jakiś urok. Byleby tylko nie lunęło – myślę wpatrzona w zaparowa-ną szybę. Mój fiacik grzecznie czeka zaparkowany, tak jak go zostawiłam. Nic mu się nie przydarzyło. Na jego widok czuję się lepiej. Lecz skoro już tu jestem – postanawiam – pójdę na przystań. Mam nadzieję, że spotkam człowieka, któremu zawdzięczam życie. Zaplanowałam to już w szpitalu.

Nad wodą nie ma nikogo, prócz kilku wędkarzy i krzykliwych rybitw. Czekam chwilę wpatrzona w taflę wody i nadzieja, że spotkam go, ustępuje z wolna rozsądkowi. Przecież mógł zjawić się tylko przypadkiem. Albo bywa tu bardzo rzadko – myślę. Może przyjechał tak samo jak ja, na kilka godzin? Albo na ryby. Nic o nim nie wiem.

Ołowiane, ciężkie chmury zniżają się do ziemi, aż wreszcie na jasnej tafli zalewu pojawiają się okręgi wokół kropel deszczu. Chwilę później wodę marszczy wiatr. Naciągam kaptur na głowę i ruszam do samochodu. Przez moment widzę na jednej z łodzi mężczyznę, który mógłby być... No właśnie, nawet nie wiem, jak nazywa się człowiek, który uratował mi życie.

Pół godziny później mój Wrocław wita mnie kolorowym blaskiem Bielan. Tu nie ma śladu po tym, co stało się nad jeziorem. Wszystko wydaje się tylko czymś nierealnym. W domu zapalam świecę, napuszczam gorącej wody do wanny i nalewam czerwonego wina do ulubionego kieliszka. Czy mam o tym zapomnieć? – myślę zanurzona po szyję w ciepłej wodzie. Zamykam oczy i odszukuję w głowie strzępki wspomnień: jego postać gdzieś kilka kroków od karetki. W jasnych spodniach i chyba w wełnianym swetrze. Palce ślizgają się po mokrym ciele. Zagryzam wargi i nie potrafię przestać. Jestem zmęczona, ale nie na tyle, aby to zrobić. Fantazja o tamtym facecie krąży po mojej głowie jak cień. Zaczynam myśleć o czymś innym, ale ona znów powraca.

Co o nim wiem? Postawny mężczyzna na tle wody, co najmniej metr osiemdziesiąt wzrostu. Ma szpakowate włosy, nie jest łysy, a to dobrze – myślę. Nie zauważyłam też brzucha, ale pamiętam niewątpliwe szerokie ramiona. Włosy na przedramionach, poniżej podwiniętych rękawów. I tyle, nic więcej o nim nie wiem. A, jeszcze biały podkoszulek pod swetrem rozpinanym pod szyją.

Z jego postacią przychodzi podniecenie. Rozkładam szeroko uda. Myśl o nim pozostawia wyraźny ślad. Słucham mojego ciała i pragnienia, by poznać tembr jego głosu. Wyobrażam sobie, jak wypowiada moje imię głębokim, cichym barytonem, wprost do mojego ucha.

– Julia. Julka. Juleczka.

Dłoń wędruje na twardy już sutek, druga w kierunku łona. Pod powiekami gram różne role, tak samo jak mój nieznajomy. Myślę o jego zapachu, o jego dłoniach na moim ciele. Czuję je na piersiach. Fantazjuję, jak dobrze byłoby im w tych dłoniach, które wyszarpały mnie z głębin, wbrew śmierci. Ściskam je mocno, tak mocno, jak on by to zrobił. Druga dłoń jest pod wodą, zatacza koła pomiędzy udami. Wreszcie piorun przeszywa moje ciało. Wybucham. Wszystko we mnie drży, pulsuje, eksploduje. Chce mi się płakać.

Leżę odprężona w wannie, bez siły, by wstać, uda mi drżą. Zamykam oczy i znów pod powiekami widzę postać na tle jeziora. Muszę go znaleźć. Wycieram ciało ręcznikiem, na dłonie nakładam aromatyczny balsam i kładę się do łóżka. Po chwili jest już ciepło.

Jutro dam ogłoszenie do gazety, znów tam pojadę. Nie wiem, co jeszcze zrobię, ale go znajdę.

**26.**

Nie mogę spać. Rano wstaję i zaczynam malować jak szalona. Pędzel sunie gładko po płótnie. Plama za plamą kolory układają się w żurawie na niebie. Blejtram drży od mojego śpiewu, a w powietrzu unosi się mój ulubiony zapach rozpuszczalnika do farb. Słowa pęcznieją mi w głowie. Kiełkują i lęgną się w moim gardle. Nucę słowa francuskiej piosenki, zmieniam po swojemu tekst. Wystukuję jego rytm pędzlem w antyramę.

*Oślepiona snopem zabójczego światła,*
*Ocieram się o samochody,*
*Moje oczy są jak główki szpilek,*
*Czekam na ulicy na ciebie już chyba ze sto lat.*
*Wreszcie przychodzisz, pogwizdując wesoło,*
*Zagubiona niczym statek tracę głowę,*
*I to wszystko przez ciebie, kochanie,*
*Bo przyszedłeś do mnie, pogwizdując.*
*Co zostanie z przepalonych światłem nocy?*
*Pewnie, prawie nic!*
*Kocham życie! Teraz.*
*Nie chcę tylko patrzeć, jak ono przemija,*
*Nie chcę popiołu nad ranem,*
*Tylko Ciebie, przy mnie, teraz.*
*W naszym życiu jest pełno zakrętów,*
*Ale na następnym przystanku znajdę ciebie,*
*Tylko połóż swoją dłoń na moim sercu.*
*Czekam na ostatnie okrążenie toru,*
*Na sam koniec, aby znaleźć ciebie.*

Wreszcie kończę. Wciąż wypełnia mnie energia. Obraz z żurawiami jest piękny, ale nie całkiem jestem zadowolona. Nie planowałam tego, ale zamiast siebie wpatrzonej w niebo namalowałam tego nieznajomego. Tak bywa, przecież malując, rodzę to, co jest we mnie, a tego nie da się zobaczyć w lustrze.

Spoglądam na obraz i ogarnia mnie niepohamowany strach. Cóż, artysta, stając przed swoim dziełem, zwraca oczy wprost w lufy karabinów plutonu egzekucyjnego krytyki i nigdy nie wie, czy wystrzelą z nich kule czy może oklaski.

**27.**

Ogłoszenie w gazecie nic nie daje. Wreszcie jadę tam raz jeszcze. Potem jeszcze raz i jeszcze. Wchodzę do baru. Na suficie sieć rybacka i jakaś kotwica. Zdjęcia jachtów. Piwo Bosman w skandalicznie niskiej cenie. Popielniczki z bezbarwnych luksferów na stołach, narzędzie zbrodni – artykuł sto czterdzieści osiem, zabójstwo – myślę – w tym wypadku w afekcie.

– Kilka dni temu – jąkam się – dokładnie w piątek, wpadłam do wody, przyjechała karetka, może, może wie pan coś?

– Nie wiem – ucina barman, przekładając drewnianą wykałaczkę w prawy kącik ust bez użycia rąk. – Pani, tu się dużo ludzi przewija.

– Taki szpakowaty.

Kiwa głową.

– Wysoki, barczysty.

Kiwa głową raz jeszcze.

– Przystojny – walę wreszcie i zaraz się czerwienię.

Wzrusza ramionami.

– Ktoś zadzwonił po karetkę! – mówię. – Pewnie od was.

– No było coś takiego – wreszcie niechętnie zaczyna, drapiąc się w obojczyk – ale to nie na mojej zmianie. Zresztą – mruczy – musiał dzwonić z tamtego telefonu, a nie z naszego. – Wskazuje głową ogólnie dostępny aparat pod ścianą. – A jak dzwonił mój zmiennik, to przecież nie podał mojego nazwiska, tylko swoje, no nie?

W drodze powrotnej zupełnie tracę nadzieję. I wciąż zadaję sobie to samo pytanie: dlaczego, do jasnej cholery, go nie zatrzymałam? Gdybym choć miała nazwisko, numer telefonu, adres, cokolwiek. Mogłam poprosić sanitariusza.

Wracam do Wrocławia. Parkuję fiacika. Sięgam do stacyjki, a z radia dopada mnie jak grom dźwięk piosenki. Stare Dobre Małżeństwo, *Czarny blues o czwartej nad ranem*.

– To właśnie się stało – mówię znowu do siebie. – To właśnie się dzieje – powtarzam.

Zaraz w głowie liczę dni. Piątek, sobota, niedziela, poniedziałek... Prawie tydzień! Prawie tydzień ani razu nie pomyślałam o Igorze! Nie odwiedził mnie w myślach. Jezu! Wreszcie!

Wysiadam z samochodu. Dopada mnie ubrana na kolorowo stara Roma w spódnicy do kolan.

– Pani, powróżę z ręki – zaczyna. – Cyganka prawdę powie.

– Nie mam czasu – odpowiadam.

– Daj pani pięć złotych, a Cyganka prawdę powie.

Nagle oświeca mnie myśl jak błysk latarni kapitana prowadzącego okręt w czasie sztormu. Spoglądam kobiecinie w oczy i mimo że jestem nieufna, coś mi mówi, abym spróbowała.

Jest stara, nie mam pojęcia, ile może mieć krzyżyków na karku. Pewnie kiedyś była piękna, Romki bywają piękne. Ale teraz jest zgarbiona, zamiast czarnych loków spod czerwonej chusty wystają siwe kosmyki, a wokół pełnych ust skoncentrowały się zmarszczki. Tylko te oczy, te jej oczy, czarne, piękne, pełne blasku, zdają się do mnie przemawiać tajemniczą siłą.

– Dam pani drożdżówkę.

– Niech będzie drożdżówka, moje dziecko – odpowiada, wskazując na ławkę.

Siadamy. Przez chwilę czuję się nieswojo, ona zdaje się to wyczuwać. Otwiera usta, aby zacząć, ale jej przerywam.

– Nie chcę wróżby.
– No a czego?
– Sama nie wiem. Ale poczułam, że powinnam z panią porozmawiać. Tylko nie o tym, że wszystko będzie pięknie, że się problemy same rozwiążą i tak dalej. Rozumie mnie pani?

– Nie chcesz śpiewki starej Cyganki?
– Nie.
– A wiesz, że niektórzy twierdzą, że Cyganki mają wielką moc?

Spoglądam na nią. Wyjmuję z torebki ulubioną drożdżówkę z budyniem i kruszonką. Zapomniałam o niej, jadąc nad jezioro. Pewnie nie jest już tak świeża jak parę godzin wcześniej. Daję Cygance drożdżówkę. I tak zamierzałam ją cisnąć do kosza. Mam wyrzuty sumienia. To przecież nie jest w porządku. Tak samo jak to, że pilnuję swojej torebki, z góry oskarżając starą kobietę o kradzież. Jestem zła na siebie, właściwie to nie wiem, dlaczego usiadłam z nią na ławce. Tylko tracę czas. Tymczasem kobieta szybko chowa zawiniątko pod spódnicę.

– Nie bój się – zaczyna, kładąc rękę na mojej dłoni. – Nic złego ci nie zrobię. Wiem, że w dzisiejszych czasach są złe i dobre Cyganki. Tak jak ludzie dobrzy i źli.

– I tak nie mam przy sobie dużych pieniędzy.
– Wiem. Inaczej być ze mną nie rozmawiała.
– A jak powie mi pani coś złego?
– Możliwe, ale wtedy to nie mnie powinnaś się obawiać, tylko swojej przyszłości.

– A co pani widzi?
– Na pewno chcesz wiedzieć?
– Tak.

– Nie układa ci się w miłości, moje dziecko – zaczyna, a jej słowa mnie paraliżują, bo nie patrzy mi na rękę, ale wprost w oczy.

Widzę dokładnie jej wszystkie zmarszczki. Zapadnięte policzki. W jej twarzy pooranej bruzdami jest coś hipnotyzującego.

– Ale wreszcie ją odnajdziesz. Wiem, że to dla ciebie nic nieznacząca wróżba, ale tak będzie. A teraz zapytam cię raz jeszcze. – Przerywa i ściska mi dłoń tak, że prawie czuję ból. – Chcesz słuchać dalej?

– Tak.

– Nie zaznasz szczęścia, dopóki nie wyrzucisz z siebie tego, co naprawdę nie istnieje. Otacza cię coś, czego tak naprawdę nie ma. Wyrzuć to z siebie.

– Co to znaczy? Nie rozumiem.

– Ani ja, moje dziecko. Nic więcej ci nie powiem, chyba że chcesz usłyszeć to, co opowiadam, aby zarobić na chleb dla wnuków?

– Dziękuję – odpowiadam. Wstaję i odchodząc, rzucam: – Do widzenia.

– Wszystkiego dobrego.

Chcę raz jeszcze podziękować starej Cygance, ale kiedy odwracam się, ławka jest pusta. Może to wcale się nie wydarzyło?

## 28.

Wkrótce zapominam o tej kobiecie. Cieszę się, że coraz rzadziej myślę o Igorze. Wreszcie wyzwalam się ze wspomnień o nim, które przez te wszystkie lata mnie blokowały. Czuję, jakbym zdjęła ze swoich barków wielki ołowiany płaszcz. Mogę wreszcie oddychać pełną piersią.

Pokazuję koleżkom w pracy obraz z żurawiami. Dawno nie namalowałam czegoś równie udanego. Wiem o tym doskonale, bo od czasów studiów niewiele się w tej sprawie zmieniło. Potrafię malować, myśląc o tym. Umiem wypuścić spod pędzla pejzaże, o które mnie czasem proszą znajomi. Maluję nawet z fotografii, pieniądze przecież zawsze się przydają. Nazywam to zleceniami, a tak naprawdę to czysta chałtura. Bo tylko kiedy jestem w transie, kiedy nie pamiętam, co maluję, i zupełnie nad tym nie panuję, potrafię tworzyć najlepsze dzieła. Dotąd powstało ich kilka. Nieznajomy wpatrzony w żurawie jest tym ostatnim.

Opowiadam w szkole o mojej niedoszłej śmierci. Koleżanki drwią ze mnie i śmieją się przy kawie. Dyrektorka namawia mnie, abym zaniosła obraz do galerii należącej do jej przyjaciółki. Obiecuję tam zdzwonić.

– Dzień dobry – witam kobietę.

Zastanawiam się chwilę, czy ona i tamta Cyganka to nie ta sama osoba, tylko inaczej ubrana. Są zaskakująco do siebie podobne.

– Dzień dobry.

– Przychodzę od pani… – Wymieniam nazwisko i następne słowo grzęźnie w gardle.

– Jaki świat jest mały! – Słyszę, a twarz oblewa mi rumieniec.

To mój nieznajomy. Nie zauważyłam go, nie zwróciłam uwagi, kiedy stał tyłem do mnie, wpatrzony w jakiś obraz. Ale to on. Sam się znalazł. Jest sporo starszy ode mnie, ale przystojny, choć nie wiem, czy ma trzydzieści pięć czy czterdzieści pięć lat. W tej chwili nie ma to dla mnie znaczenia. Najmniejszego.

– Państwo się znają?

Podobna do Cyganki właścicielka galerii jest zaskoczona.

– Niezupełnie – odpowiada nieznajomy – ale z drugiej strony mieliśmy już okazję się spotkać, prawda?

– Owszem – mówię – tyle że nie zdążyliśmy się sobie przedstawić. Julia Kreis – przedstawiam się, podając rękę.

– Leon Gartner – odpowiada z uśmiechem. – Co też panią tutaj sprowadza?

– A właśnie! – Opamiętuję się, spoglądając na przypatrującą się z zaciekawieniem właścicielkę galerii.

Pokazuję jej swoją pracę. Przy okazji on ją ocenia. Obraz zostaje w galerii, mam nadzieję, że ktoś go kiedyś kupi. Przełamuję się i zapraszam Leona na kawę. Chwilę później spoglądam na niego znad filiżanki i mam wrażenie, że jest idealny.

– Nie chciałam popełnić samobójstwa.

– Naprawdę? – Otwiera szerzej oczy. – Przepraszam... Pomyślałem...

– Wiem, wiem, w karetce też byli zdziwieni.

– Ale to się nawet dobrze składa – odpowiada, wciąż się uśmiechając.

– Dlaczego?

– Sądziłem, że w pewnym sensie pani przeszkodziłem.

– Myślał pan, że zrobi mi pan na złość, tak? – żartuję. – Tymczasem jestem winna panu przysługę. Właściwie to życie.

– Nic wielkiego. Może mówmy sobie na „ty". Tak będzie prościej. Może być?

– Z przyjemnością. Julia.

– Leon. Teraz wszystko się zgadza.

– Wszystko?

– Patrzyłem na panią, to znaczy na ciebie – poprawia się – jak szłaś tym pomostem. Przyznaję, że zwróciłem na ciebie uwagę. – Mówiąc to, ucieka wzrokiem. – Teraz, po sezonie, rzadko ludzie tam przychodzą. Sprzątałem łódź i kiedy cię dostrzegłem, od razu przyszło mi na myśl, że chcesz się utopić. Szłaś przed siebie zapatrzona w niebo, jak zahipnotyzowana.

– I pomyślałeś, że jestem samobójczynią?

– Właśnie. Myślę sobie: co ona, do jasnej cholery, robi? Zaraz spadnie z pomostu.

– To było zwykłe gapiostwo – wyjaśniam. – Przelatywał przepiękny klucz żurawi. Chciałam je zapamiętać i potem namalować. Zresztą widziałeś.

– To te dzisiejsze żurawie?
– Tak.
– Jesteś malarką?
– Nie. Uczę plastyki w szkole. „Malarka" to za duże słowo. Tylko czasami maluję. Szkoda, że czasami zapominam też spojrzeć pod nogi.

Patrzy na mnie. W jego oczach dostrzegam błysk.

– Miałaś sporo szczęścia. Ale to by się właśnie zgadzało. Większość tonących to po prostu ofiary wypadków.
– Wypadków?
– No, wiesz, zmęczenie, alkohol, wpadnięcie do wody, tak jak w twoim przypadku – dodaje z uśmiechem – brak przygotowania ekip nurków, wywrotki łodzi.
– I samobójstwa?
– No właśnie nie. To jest rzadkością.
– Więc dlaczego w moim przypadku przyszło ci to do głowy?
– Tak patrzyłaś w niebo, że jakoś od razu o tym pomyślałem. – Widzę, że trochę mu głupio. – Przepraszam. Nie wiem dlaczego. Przecież wystarczyło krzyknąć.
– To ja przepraszam! To żadna przyjemność wyciągać topielca z wody. Szczególnie jesienią.
– E tam, nie było trudno. Na szczęście tam nie jest głęboko.
– Jak widać, i tak by wystarczyło.
– Tak jak w większości przypadków.
– To znaczy?
– Prawie w dziewięćdziesięciu przypadkach utonięć w Polsce woda w miejscu wypadku ma mniej niż trzy metry głębokości. I wbrew powszechnym przypuszczeniom ofiary umieją pływać.
– Ja się wyłamuję się ze stereotypu.
– Na szczęście ja dosyć dobrze pływam.
– Na szczęście dla mnie.

Cieszę się, że go wreszcie odnalazłam. Nagle coś we mnie wstępuje i postanawiam otworzyć się przed nim.

Mówię mu, że go szukałam. Opowiadam o wyprawach do przystani.

– Nie miałem ostatnio czasu pływać. Zresztą zrobiło się zimno, nie lubię pływać jesienią. Przygotowałem łódkę na zimę i już tam się nie pokazywałem. Zresztą teraz mam sporo pracy.

– Czym się zajmujesz?
– Jestem nauczycielem akademickim. Na ASP.
– Tutaj, we Wrocławiu?
– Tak.
– Nie wierzę.
– Dlaczego?
– Kończyłam tę uczelnię.
– Ja także.
– Widzisz – uśmiecha się – jak mówiłem wcześniej: świat jest mały.

Kolejne minuty mijają nam na rozmowie. Czuję się w towarzystwie Leona coraz swobodniej i prawdę mówiąc, natychmiast obdarzam go sympatią. Podoba mi się jego dojrzałość, to, że jest doktorem sztuki, do tego przystojnym. Stopniowo nasza pierwsza rozmowa zbacza na coraz bardziej prywatne tematy. Filiżanki są już od dawna puste.

– Jesteś kawalerem?
– Nie, mam żonę.
– Rozumiem.
– Nie sądzę, ale nie to jest najważniejsze.

Nie wiem, co ma na myśli, ale chyba nie wszystko układa im się tak, jak powinno. To dodaje mi odwagi.

– Flirtujesz ze mną?
– Możliwe – odpowiada. – A czy to źle?
– Nie, nawet to miłe.
– Jak w takim razie zapiszesz mnie w telefonie, jako „nieznajomy"?
– Raczej Leon.
– No proszę – odpowiada. – Tylko że ja nie chcę mieć problemów.

– Nie jesteś problemem.
– Ale dla mnie jesteś – mówi.
– Rozumiem.
– Nie sądzę – dodaje chwilę później, podając swoją wizytówkę.

Spoglądam na niego. Ale nie potrafię dostrzec niczego poza tym, co podpowiadają zmysły. Widzę w nim jednak coś bardzo ważnego. Zaleczyłam ranę. Mogę zacząć życie od nowa. Leon jest trochę podobny do Igora, a raczej do tego, jak wyobrażałam sobie, że Igor będzie wyglądał w wieku Leona.

## 29.

Spotykam się z nim jeszcze kilka razy. Poznaję go lepiej. Okazuje się, że jest w trakcie rozwodu. Do niczego między nami nie dochodzi, wciąż bardzo tęsknię za Igorem, nawet gdy moje życie przy Leonie się zmienia.
– Lubisz tenis? – pyta mnie kiedyś.
– Lubię.
– No to zabieram cię na kort.

Tenis lubiłam od zawsze. Już w liceum miałam przyjaciela, z którym razem trenowałam. Często startowaliśmy w turniejach. Szkoda, że Igor nie lubił tenisa, bardzo chciałam z nim wtedy pograć. Teraz Leon jakoś podświadomie to wyczuwa. Jest po prostu wspaniały. Tyle że nie jest Igorem.

– Chodź tutaj – mówi do mnie w szatni i całuje mnie w usta.

Poddaję się jego woli. Imponuje mi spokojem, mądrością, doświadczeniem życiowym i ciepłem, jakie od niego bije.

Trzy miesiące po rozwodzie kupuje mi cudowny pierścionek zaręczynowy. Prosi mnie o rękę, a ja zgadzam się bez wahania. Na uroczystym obiedzie u jego rodziców, bo przecież u moich nie możemy się spotkać, mama Leona mówi do mnie „córeczko". Nie jestem pewna, czy moje uczucia są do końca szczere. Może tylko staram się zagłuszyć to, co jest ukryte we mnie? – myślę wpatrzona w swoje odbicie w lustrze.

– Nie kochasz go? – Laura pyta mnie zaraz po tym.
– Nie jestem pewna.

Potem idziemy do księdza, choć Leon nie jest zachwycony pomysłem takiego ślubu. Ustalamy datę. Pojawiają się zapowiedzi w kościele. Kupuję suknię, buty, torebkę, a nawet bieliznę na ten szczególny dzień. Kiedy ksiądz na naukach przedmałżeńskich tak pięknie mówi o miłości, ogarnia mnie przerażenie. Zaczynam rozumieć coś bardzo ważnego.

– Wciąż kochasz Igora?
– Nie chcę żyć w zakłamaniu. Nie chcę oszukiwać Leona, jest przecież dobrym człowiekiem.
– No to masz problem, dziewczyno.
– One się dopiero zaczną.

## 30.

Siedzę na dachu. Nie wiem, dlaczego tu wyszłam. Pewnie dlatego, że mam tutaj spokój. A tego mi teraz najbardziej trzeba. Poza tym z góry jakoś lepiej widać. Można oglądać świat oczami Boga. I gruchają gołębie, które tak lubię. Spróbuję je kiedyś namalować. Tylko że najbardziej w nich lubię to gruchanie, tę ich piosenkę miłości. Jak malować uczucia?

– Gruuu. – Słyszę głęboki, dudniący odgłos przed sobą. – Gruuu.

Patrzę w milczeniu. Samczyk drepcze przed samiczką z wypiętą i napuszoną piersią, dumny, wspaniały. Kłania się dostojnie partnerce, grucha głośno, zwracając na siebie uwagę. Połyskuje zielonkawo-czerwonym żabotem z piór, jakby prosił ją do tańca. Do tanga gołębi.

– Chodź, zatańczmy ten ostatni raz, zatańczmy, proszę, jak gdyby umarł czas.

– Gruuu, gruuu.

Piękny jest ich miłosny taniec. Samczyk podnosi głowę, jak tancerz wznosi się na palcach w rytm smyczków i uderzeń perkusji. Ale to nie kłótnia kochanków. To wyznanie miłości. Samiczka w zamian za zaloty zbuduje skromne gniazdo gdzieś na dachu albo strychu, w załomie muru, w osłoniętym od wiatru miejscu. Będą w nim oboje wysiadywać złożone zielonkawe jajko. Jedno albo dwa. A potem wykarmią młode...

Tak bardzo mi ciebie brakuje, Laurko. Tęsknię za tobą. Przecież jesteś częścią mnie – tak jak to zawsze powtarzałaś na studiach. Nie wiem, czy faktycznie lepszą częścią, ale i tak chciałabym się znowu z tobą spotkać, porozmawiać. Pośmiać się i powygłupiać jak wtedy, gdy miałyśmy dwadzieścia kilka lat. Mogłabym ci opowiedzieć o moich gołębiach na dachu.

Wiesz, że one dzielą się obowiązkami rodzicielskimi? Gołębica wysiaduje jajko rano oraz do południa, a samczyk wieczorem. W nocy siedzą razem, obok siebie. I wiesz, że łączą się w pary na całe życie? Tak samo jak słonie, pingwiny, łabędzie i kondory. Te ostanie, kiedy jedno z pary zginie albo umrze, podobno rzucają się w przepaść. Tak, nawet zwierzęta potrafią umierać z miłości.

Zaczęłam palić. Wyobrażasz sobie, ja, przeciwniczka tego nałogu, wychodzę na dach i palę peta? Śmierdzącego, obrzydliwego papierosa. Wpadłam w nałóg, z którym tak walczyłam, kiedy mój pan gołąb palił. Ale kiedy to było!

Szkoda, że nie jestem kondorem. Nie musiałabym zaczynać wszystkiego od nowa. Nie musiałabym próbować stać się nowym, lepszym człowiekiem. Wystarczyłby mi ten stary, prawdziwy. Ale czy będę szczęśliwsza? Czy to w ogóle możliwe? Może jestem takim samotnym gołębiem, który już nigdy nie zwiąże się z nikim innym?

Przecież nie jest ze mną aż tak źle. Mam Leona. Tylko że jak człowiek ma chleb, to po pewnym czasie pragnie posmarować go masłem, a jak jest masło codziennie, zachciewa się bułek.

Wino. Wino i pet. Wino, pet, dach i gołębie. To tylko wino, winko, wineczko. Lampka. Nie cała butelka. Broń Boże. Przecież to nie wódka. Wódka jest dla mężczyzn, wino ma pierwiastek ateński. Znów się przez niego nawalę. Przez samotność, przez strach przed tą pierdoloną, kurewsko straszną samotnością. Bez dzieci, bez męża, bez miłości. Nawet jeśli z Leonem, to jednak bez miłości. Znów się schleję, aby zapomnieć, aby nie być, nie pamiętać. Nie pamiętać o nim. O moim gołębiu.

Patrzę, jak dwa ptaki szybują na niebie. Nie ruszając skrzydłami, unoszą się na ciepłym powietrzu nad swoim gniazdem, znacząc ruchem po niebie ogromne, zazębiające się dwie obrączki. Po policzku spływają mi łzy.

## 31.

Nie potrafię znieść samotności. Człowiek nie jest do niej stworzony. Jest wobec niej bezbronny.

Postanawiam związać się z Leonem. Szykuję się do ceremonii. Zdradzam siebie, tłumacząc się pięknie, a prawdę mówiąc, jestem jak najgorsza kurwa. Szmata podszyta futrem wygodnego życia w zakłamaniu. Prymitywna, tania kurwa z nastroszonymi na łbie kudłami.

Czuję się jak narzędzie, którym zadam ból komuś bardzo ważnemu w moim życiu. Igor jest jak wrzód na skórze mojego nowego, dorosłego związku, ale nie umiem się od tego ciernia uwolnić. I co ciekawe, to dzięki mojemu przyszłemu mężowi wkrótce przyjdzie mi spotkać go znowu.

– Mam do załatwienia kilka spraw w Warszawie – komunikuje mi Leon pewnego dnia w łóżku.

– Tak?

– Muszę tam jechać jeszcze przed weselem.

To jednak tylko część prawdy. Owszem, Leon jedzie do Warszawy i faktycznie po to, aby załatwić parę spraw, lecz przy okazji pojedzie tam ze mną.

– I?

– Mówiłaś, że dostałaś zaproszenie na spotkanie absolwentów. Chciałaś jechać, prawda?

– Co masz na myśli? – Unoszę się na łokciach.

Dopiero teraz rozumiem, do czego mój kochanek zmierza. To jest przecież szansa, aby spotkać Igora! I to przed ślubem. Nie mogę stracić takiej okazji!

– Mógłbym cię tam zawieźć po drodze, jeśli chcesz oczywiście.

– Pewnie, że chcę.

– Zostać tam z tobą nie mogę, ale odbiorę cię potem.

– To świetnie! Wszystko pasuje – mówię.

Jedziemy. Cieszę się, rozmawiamy, jestem podniecona. Nic o Igorze nie wspominam, nie sądzę też, że Leon coś podejrzewa, choć nie mogę być tego pewna. I czuję się jak dziwka. Jadąc z przyszłym mężem w jego samochodzie, myślę wyłącznie o Igorze.

– To niemałe skurwysyństwo z twojej strony, wiesz o tym? – powie mi potem.

– Tak, wiem.

Dla mnie to jednak się nie liczy. Mam nadzieję, że spotkam Igora. W dupie mam byłych przyjaciół i chwalenie się życiem po studiach, dziećmi, mieszkaniem, pracą i sukcesem w życiu.

Los okazuje się nader łaskawy. Zaraz po przekroczeniu progu hotelu spotykam starą miłość. Jedzie na wózku korytarzem. Uśmiecham się ciepło. Igor delikatnie ściska moją dłoń.

– Cześć – wita się.

– Cześć.

– Co słychać?

– Jak widać – mówi po chwili trochę zbyt długiego milczenia.

Niewiele zmienił się przez te lata. To dziwne uczucie, bo zdaję sobie sprawę, że on także patrzy na mnie zapewne przez ten sam pryzmat. Zastanawiam się wpatrzona w niego, ile lat go nie wiedziałam. Siedem, osiem? Dziesięć? Bez sensu.

– A poza tym?

– Zrobiłem wreszcie prawo jazdy – dodaje z ożywieniem.

– Przecież miałeś już na studiach.

– Ale tylko na motor. Teraz mam też na samochód.

W jego oczach widzę te same iskierki co kiedyś, gdy opowiadał mi o swoim cholernym motorze. Rzeczywiście niewiele się zmienił. To samo spojrzenie, identyczne ruchy, gesty, no i pasja. Wiem, że kochał swój pieprzony motocykl, może nawet bardziej ode mnie. A teraz cieszy się z prawa jazdy tak samo. Dla mnie to bez znaczenia. Prawo jazdy, samochód – to tylko jeszcze jeden nic nieznaczący dodatek w życiu. Tak jak torebka, buty, biżuteria od Aparta albo nowa szminka.

– I jeździsz?

– Tak – odpowiada z dumą. – Już prawie dwa lata.

– Kupiłeś sobie specjalny samochód?

– Nie, nie! Zwariowałaś? Nie umiałbym czymś takim jeździć.

– Więc?

– Kupiłem zwykły, normalny. Przystosowano go dla mnie. To prostsze, niż mogłoby się wydawać.

– Nie wątpię. Robiłeś przecież trudniejsze rzeczy.

– Ale to było dawno temu. Człowiek był młodszy, odważniejszy... Chodź! Pokażę ci.

Od czasu wypadku Igor ma sparaliżowane obie nogi. Dawno przyzwyczaiłam się do jego kalectwa, z czasem przestałam je zauważać. Już wtedy było wiadomo, że nie będzie chodził, choć nie mógł się z tym pogodzić.

Idziemy korytarzem, ja obok jego wózka, on przy mnie. Nigdy by nie pozwolił, abym pchała wózek. Podchodzimy do zielonego volkswagena.

– Zwykły automat, a dla mnie wymarzony.

– Zmienia za ciebie biegi?

– Właśnie! – mówi rozpalony. – Do tego mam ręczną dźwignię gazu, no i hamulec. Zupełnie jak w motorze, pamiętasz?

Pewnie, że tak. Chociaż na dobrą sprawę nigdy nie zwróciłam na to uwagi. Dopiero teraz widzę, że to rozwiązanie bardzo przypomina motocykl. Przez chwilę przypominam sobie naszą wycieczkę na Ślężę. Szybko odpycham od siebie myśli o tamtym wieczorze.

– Zobacz – mówi – tak się hamuje. Tu się przytrzymuje. A tak się dodaje gazu. Proste, prawda?

– No, niezupełnie.

– Może tak, ale ja już się przyzwyczaiłem. Jak chcesz, możemy się przejechać po mieście. Porozmawiamy. Co ty na to?

I znów tamten wieczór. Zapach lata. Żółte pola. Las. Hipnotyczne dudnienie silnika. Ciepło jego ciała. Skrzypiące skórzane kurtki i porysowane szybki w kaskach. Widok ze szczytu. Nasza dopiero pączkująca miłość. Twarz Igora, bez zmarszczek i bez kilku siwych włosów na jego głowie, które dzisiaj zauważyłam. No i bez wózka.

– Nie, lepiej wracajmy. To nie jest dobry pomysł.

– Jak chcesz – odpowiada chyba trochę urażony.

Bal, choć to słowo trochę na wyrost, rozpoczyna się na dobre. Ile to już lat minęło, jak skończyliśmy tę szkołę? Wierzyć się nie chce!

Igor siedzi sam przy stole. Też chciałby się pobawić. Wiem to. Wszyscy są na parkiecie, tylko on, z przyklejonym, sztucznym uśmiechem, zerka zazdrośnie na wirujące pary. I na mnie. Wiem, że jest w pewnym sensie szczęśliwy, choć czuje pewnie, że jest tu tylko „na pół".

Pojawia się wreszcie Laura. Nie wiem, gdzie się podziała, kiedy z nim rozmawiałam. Pewnie planowo ulotniła się w swoje strategiczne miejsce. Jak zwykle. Kochana. Jestem taka szczęśliwa.

Wiem, że powinnam zatańczyć z Igorem. W końcu byliśmy parą. Szczególnie dla naszych kolegów, koleżanek z roku. Dla wykładowców. Widzę to w jej oczach.
– Wiesz, że się ożenił?
– O! naprawdę?
Sztylecik zazdrości przekłuwa mi serce. Wiem już, dlaczego milczał, kiedy na początku zapytałam, co słychać. Zjazd absolwentów to przecież przede wszystkim wspomnienia i plotki.
– Z kim? – pytam, choć przecież to nie ma znaczenia.
– Pamiętasz taką – zaczyna Laura – taką... Jak by ci wytłumaczyć... Jest z dziewczyną z naszej szkoły.
– Co?
Kolejna szpila w piersi. Jakby to cokolwiek zmieniło. A jednak zmienia. Jest z kimś związany. To ta świadomość, a nie tożsamość nowej dziewczyny, boli.
– Skurwiel.
– Przecież mówiłaś, że ty masz kogoś – dziwi się Laura.
– Właśnie! Dobrze, że mi o tym przypomniałaś. Bawmy się.
No i się bawimy. Pijemy. Zakładam maskę. Chcę zapomnieć o tym, że Igor ma kogoś. Impreza. Alkohol. Rozmowy. Staram się zachowywać naturalnie, uśmiecham się, bawię, lecz pod skórą buzują we mnie emocje. Wszystko boli. Aż nagle Igor pojawia się przy mnie.
– Czemu nie tańczysz? – pytam.
– Dobre pytanie! – odpowiada, unosząc brwi. – Przyjrzyj się uważnie. Znajdź szczegół, który sugerowałby, że jestem lwem parkietu – mówi z sarkazmem.
– Kiedyś byłeś wyśmienitym tancerzem.
– To było dawno.
– Nie rozczulaj się tak nad sobą, tylko dalej... Na parkiet! – odpowiadam i mnie samą bolą te słowa. – Chyba nie chcesz, żeby wszyscy zatańczyli z twoją żoną oprócz ciebie, co?

Milczy. Jego oczy są pełne żalu, zdziwienia, chyba widzę w nich też rozczarowanie. A mimo to nadal jest tym samym mężczyzną, którego kocham, i nie umiem przestać, nie umiem wyzbyć się, odrzucić tego uczucia precz za siebie i żyć dalej.

– Nie chcę – odpowiada wolno, wyraźnie – przeszkadzać innym.

– Nie będziesz.

– Przejadę komuś po nogach, zderzę się albo wywrócę – argumentuje. – A mojej żony tu nie ma.

– Nikt na pewno nie będzie miał nic przeciwko, że tańczysz? A jak się przewrócisz, to cię podniesiemy.

– Łatwo ci mówić.

– Bo to jest łatwe.

– Nie chcę się żalić, ale nie masz prawa tak mówić. Nie możesz mnie rozumieć. Nie możesz wiedzieć, jak się czuję.

– Przepraszam. Jak się przełamiesz, to daj znać. Zrobimy ci trochę miejsca na parkiecie.

– Poczekaj.

– Co?

– Trochę głupio wyszło. Masz rację. Co tu będę siedział i tylko się gapił, kiedy tańczysz? Czy mogę cię prosić do tańca?

– Nie.

– Nie? To, to... po co... to po co te wszystkie słowa?

– To moja sprawa.

– Porozmawiajmy.

– A mamy jeszcze o czym? Nie zapomniałeś o czymś? Szybko się pocieszyłeś – ucinam zgryźliwie.

– Więc o to chodzi?

– Nie chcę się żalić – zaczynam bez litości – ale nie masz prawa tak mówić. Nie możesz mnie rozumieć. Nie możesz wiedzieć, jak się czuję.

– Jeśli chcesz wiedzieć, czuję, że przez ten czas, kiedy zabrakło cię w moim życiu, postarzałem się nie o lata, ale o dziesięciolecia.
– Nie interesuje mnie to.
– Porozmawiajmy – prosi raz jeszcze.
– Nie mamy o czym – odpowiadam, rozstając się z nim bez pożegnania.

Idę w swoją stronę, a Igor odjeżdża w swoim kierunku. Niczego więcej z tamtego wieczoru nie pamiętam.

Wracając z Leonem do domu, nie potrafię powstrzymać łez. Uświadamiam sobie, że tym razem naprawdę coś się skończyło. I to podwójnie. Leon spogląda na mnie i zdaje się wszystko rozumieć. Jeszcze w samochodzie oddaję mu pierścionek. Wiem, że czuł się wtedy paskudnie.

– Nie zawsze będziesz piękna i młoda – powiedział na pożegnanie.

Nie uroniłam ani jednej łzy, ale wiem, że postąpiłam słusznie. Nie miałam odwagi spojrzeć mu w oczy, za to dzisiaj mogę patrzeć w lustro bez uczucia, że jestem jak szmata do podłóg. Powoli zaczynam rozumieć, że w dorosłym życiu miłość ma niewielkie zastosowanie, a chemii jest wokół dostatek. U innych.

## 32.

Wkrótce po rozstaniu z Leonem piszę do Igora długi list. Przecież bardzo chciałam z nim wtedy porozmawiać, ale nie mogłam powstrzymać dumy. To ona nie pozwalała na szczerą rozmowę z człowiekiem, którego od lat kochałam. Chcę to wyjaśnić.

Odpowiedź nie nadchodzi. Piszę więc kolejny list, a potem jeszcze jeden. Ale wysyłam tylko ten pierwszy.

Na następne lata zostaję sama. Układam życie znów na nowo. Który to już raz? Dociera do mnie coś bardzo ważnego: kocham Igora, niezależnie od tego, co się między nami stało. Jest mężczyzną mojego życia. Nie umiem obdarzyć uczuciem nikogo innego .

Mijają lata. Mogę myśleć, marzyć o nim, kiedy tylko chcę. Do woli. Wciąż wracam myślami do utraconej miłości. Miłość do niego staje się moją obsesją. To mnie napędza. Po jakimś czasie znów się decyduję, by pomóc utraconej miłości.

– Wreszcie! – Laura klaszcze w dłonie.

– Tak – odpowiadam z uśmiechem. – Mam jego numer.

– A czemu właściwie to robisz?

– Zastanawiam się, czy nie tracę kontaktu z rzeczywistością – odpowiadam. – Lata mijają wolno, ale człowiek się zmienia. Nie dostrzegam upływającego czasu i tego, że każde z nas ma własne życie.

Na kartce układam scenariusz rozmowy i z drżącym sercem dzwonię. Nie chcę wypaść na wariatkę, boję się, że sparaliżuje mnie strach. Dzwoniąc, jestem pełna obaw.

– Igor, słucham. – Słyszę tak dobrze znany głos.

– Igor? To ja.

– Kto?

– Julka.

Milczy długą, strasznie długą chwilę. Ale brak słów nie musi znaczyć, że nie ma mi nic do powiedzenia – myślę i czuję, jak bije mi serce. Mam nadzieję, że nie usłyszy tego przez słuchawkę.

– Sprawiłaś mi ogromną niespodziankę – odpowiada wreszcie. – To niesamowite usłyszeć cię tak nagle, znienacka, wiesz?

– Ja też się cieszę. Chciałam już wcześniej zadzwonić, ale...

– Ale?

– Trochę się bałam. Często o tobie myślę.

– Też myślałem o tobie nie raz – przyznaje. – I też chciałem się skontaktować. Ale...

– Ale?

– To nie takie proste.
– Dlaczego?
– Dzwonisz z Warszawy? – zmienia temat.
– Nie, z Wrocławia.
– Nadal tam mieszkasz?
– Ale wkrótce będę musiała przyjechać do Warszawy – kłamię.
– Tak?
– Tak. Moglibyśmy się spotkać, jeśli chcesz.

Znów milczy chwilę. Ogromnie długą chwilę. Do dziś pamiętam tamtą ciszę w słuchawce. W takiej ciszy wszystko staje się jasne. Jego milczenie niemal rani uszy. Nie potrafię tego znieść.

– Powinniśmy porozmawiać – dodaję.
– Jasne. Masz rację – przyznaje chłodno. – Możemy się spotkać. Daj znać, jak będziesz w Warszawie – odpowiada lodowatym tonem.
– To fantastycznie – mówię uradowana.

Ale wcale fantastycznie nie jest. Sytuacja staje się o wiele gorsza, niż mogłam się tego spodziewać. Nie jestem obiektywna i nie zauważam faktów. Umykają gdzieś obok, tracąc znaczenie. Przez następne dni do czasu wyjazdu dręczą mnie wyrzuty sumienia, wątpliwości i koszmary. Wreszcie nie wytrzymuję i tuż przed wyjazdem dzwonię po raz drugi. W końcu należy ustalić szczegóły.

– Wiesz, dziwię się, że dzwonisz. – Słyszę.
– Nie rozumiem. Co masz na myśli?
– To, co nas kiedyś łączyło, jest już bardzo odległe – wyjaśnia. – Minęło przecież kilkanaście lat! To wszystko skończyło się wiele lat temu. Nie widzisz tego? Nie rozumiesz?
– Skończyło?
– Nie myślisz chyba, że nadal cię kocham? Ułożyłem sobie życie. Mam kogoś i ta kobieta jest dla mnie najważniejsza.

Tego nie można ominąć, puścić bokiem i zbagatelizować. Takie słowa są tak bardzo bolesne, bezlitosne.

Zrozumiałam. Nie ma już mowy o naszym spotkaniu. Przecież musiałby to jakoś wytłumaczyć kobiecie, z którą się związał. O to z pewnością chodzi. Skurwiel. Pewnie nie chce kłamać, a żadna kobieta nie ucieszy się na wieść, że jej mężczyzna planuje spotkanie z dawną dziewczyną.

– Jeśli chcesz – dodaje – możemy się spotkać. Ale tylko jako znajomi. Chcesz tego?

– Chcę – odpowiadam.

Znów kłamię. Tym razem oszukuję i jego, i siebie. Przecież nie chcę takiego spotkania. Jedyne, czego pragnę, to natychmiast się rozłączyć, najlepiej rzucając słuchawką. Albo zabić sukę, która odebrała mi mojego Igora po latach.

## 33.

Oczywiście nie dochodzi do spotkania. Najprostsze czynności, takie jak mycie zębów czy przygotowanie kawy, stają się wyzwaniem. Na kolejne miesiące uciekam w pracę i wino. Biorę nadliczbówki, dodatkowe zmiany, maluję, chodzę na wystawy, byle tylko jak najmniej o nim myśleć. Tworzę najpiękniejsze obrazy, jakie namaluję w swym nędznym życiu.

W szkole przeprowadzane są reformy, nastają zmiany. Zostaję wychowawczynią i mam pracy w bród. Nie wiążę się z nikim, ale też nie umiem o Igorze zapomnieć. Niczego bardziej nie pragnę niż śmierci. Moja bezsilność potwornie mnie boli. Siły, by unicestwić siebie, też mi brak. Nie mogę również unicestwić jego. Nie mogę pozbyć się myśli, które mnie dręczą. Całą sobą życzę sobie, żebym umarła najszybciej, jak to możliwe. A on, skurwiel, o dziwo, przysyła mi na święta Bożego Narodzenia kartkę. Prawdziwą, z papieru, ale też esemesy – komórki dopiero się upowszechniają. Wiele miesięcy zastanawiałam się, po co to zrobił. Analizuję, rozpatruję hipotezy i scenariusze. Wreszcie uznaję, że to pewien gest z jego strony. Zaproszenie. Postanawiam raz jeszcze zadzwonić. Minął przecież prawie rok od naszej ostatniej rozmowy.

— Nadal nosisz ten kilkudniowy zarost, który czynił z ciebie przystojniaka?

— Tak — odpowiada z uśmiechem. — A twój głos jest dalej uroczy jak kiedyś.

— Przesadzasz.

— Nieprawda. Chcę też, abyś o czymś wiedziała.

— Słucham.

— Też napisałem list do ciebie. Zaraz po twoim.

— Nie dostałam niczego.

— Bo go nie wysłałem.

— Dlaczego?

— Nie podobał mi się. Postanowiłem poczekać na dobry moment.

— Dobry moment? Możesz wyjaśnić?

— Odpowiedni czas — dodaje. — Wtedy list może być szczery. A jeśli nie, wyjdzie z tego banał, zwykła korespondencja, ogólne pisanie.

— Czekałam na cokolwiek. Nawet na taki zwykły, ogólny list. Wiesz?

— Masz już komórkę?

— Tak.

— Podasz numer? Oczywiście, jeśli nie masz nic przeciwko, abym do ciebie czasem zadzwonił.

Krew uderza mi do głowy. Jestem zdenerwowana i drżą mi ręce. Czuję się piękna, atrakcyjna i świat wokół wiruje. A więc nie wszytko stracone! Zgadzam się. To niewiarygodne, jak można się oszukiwać przez tyle lat, nie widząc, że wszystko wokół jest tylko snem.

## 34.

Miłość jest chorobą. Wszystko jedno, czy przenosi się drogą płciową, czy nie, ale to jest faktem. Symptomy zarażenia miłością bywają podobne jak przy większości infekcji. I jak w wypadku każdej innej dolegliwości przebieg może być niezwykle ciężki, a powikłania groźne, nawet jeśli wszystko zaczęło się od niewinnego kataru.

– Co stało się potem?

– Następne lata przyniosły normalność – opowiadam Laurze dalej. – Żyjąc w różnych miastach, daleko od siebie, utrzymujemy kontakt telefoniczny. Zaczęła się przecież na dobre czasy Ery, Idei i Plusa. Zapamiętałam nawet pierwszego esemesa od niego.

– Co ci napisał?

– „Witam". Po prostu.

– Rzeczywiście nic szczególnego.

– Hm... – mruczę z zadowoleniem. – Dla mnie były to słowa szczególne, bo zdałam sobie sprawę, że wyszły spod jego palców. Taka forma komunikacji dopiero stawała się powszechna. Tak samo było z pierwszym e-mailem.

– Też „Witam"?

– Nie. – Uśmiecham się. – Tym razem napisał: „Cieszę się, że w końcu zaistniałaś w wirtualnym świecie". Najważniejsze jednak, że utrzymujemy kontakt. Dzięki temu mam wrażenie, że cały czas jest ze mną. Wysyła mi SMS-y przez Internet, nie podpisując się, a i tak wiem, że to on pisze.

– Skąd?

– Nikt inny do mnie nie pisze.

– A co pisze?

– Zazwyczaj niewiele. Na przykład „Piękne dziś słońce, prawda?" albo „Nie cierpię, jak wieje".

– Faktycznie niewiele.

– W dniu śmierci Jana Pawła II napisał jeszcze mniej.

– Co?

– Trzy gwiazdki.

– Tylko tyle?

– No a po co coś więcej? Odpisałam „Wielki smutek, brak słów". Bo to przecież nie słowa w kontakcie z nim są istotne. Nie treść jest ważna. Liczy się co innego.

– Co?
– Że myśli, że nie zapomniał, że jest.
– Rozumiem.
– Tak mijały miesiące, potem lata. Bez niepotrzebnych emocji i złych uczuć w sercach. Potrafimy się śmiać do słuchawki. Czuję, że Igor jest znów przyjacielem, jak kiedyś, zanim staliśmy się kochankami. Próbuję znów ułożyć sobie życie, już ze świadomością, że nigdy ze mną nie będzie. Ta myśl sprawia mi pewną ulgę. Jest oczyszczająca. Rozumiem także, dlaczego nie potrafiłam znaleźć szczęścia u boku Leona.
– Dlaczego?
– Stanął w obliczu zadania, z którego nie mógł wyjść zwycięsko.
– Porównanie?
– Tak.
– Ale przecież nie mogłaś być z Igorem. Po tamtym chłopaku ze szkoły, z którym byłaś, przecież nic nie pozostało.
– Nieprawda! Pozostało bardzo dużo! Wkrótce przekonałam się, że aż za dużo.
– O czym mówisz?
– Przede wszystkim pozostały wspomnienia.
– Z tego, co widzę, w większości złe.
– Z czasem wszystkie stają się dobre – powtarzam słowa babci po raz kolejny. – A jest ich mnóstwo. Całe kłębowisko myśli, emocji i uczuć. Nasz pierwszy pocałunek, pierwsze spotkanie i pierwszy list od niego.
– Pamiętasz go?
– Oczywiście! Znalazłam karteczkę wsuniętą pod drzwiami mojego pokoju w akademiku. A na niej: „Kochanie, dziś o godzinie 14.24 powodowany straszliwą chęcią zobaczenia Ciebie byłem tutaj. I co? Oczywiście Cię nie ma. Ogromnie rozczarowany zostawiam ten list, stwierdzając, że musiałem o tym napisać, i wracam do zajęć. Pa! Nie całuję".

Oprócz listu został kawałeczek jego starego paska z zegarka, który do dziś noszę w zapinanej przegródce portfela. Coś jak talizman. Kilka wierszy na pożółkłych kartkach. Pluszowy lew.

– Lew?

– To mój znak zodiaku. Nasz – poprawiam się. – Kupiłam kiedyś dwie identyczne maskotki w Peweksie. Dla siebie i dla niego. Mam nadzieję, że jego syn czasem bawi się nim.

## 35.

– Zazdrość jest namiętnością przyprawiającą ludzi o cierpienia – powiedział kiedyś.

Lecz nie czułam tego. Cieszyły mnie jego sukcesy i zazdrość była mi obca. By być bliżej prawdy, powiem, że zazdrość była już za mną.

Igor skończył studia. Byłam dumna z niego i niezmiernie uradowana. Przesłał swoje zdjęcie, potem rodziny. Dzięki tym fotografiom pojęłam, że czas mija. Dostrzegłam, że czas go zmienił. Musiał też zmienić i mnie.

Dzięki Igorowi zrozumiałam coś niezmiernie ważnego. Szczęście jest tylko chwilą. Jest jak błyskawica, która przecina niebo i na ułamek sekundy rozjaśnia świat. A miłość dająca szczęście tylko wtedy jest wartościowa, kiedy trwa krótko, lecz intensywnie. Bo rozstanie, jakiekolwiek by było, utrwala ją potem w naszej pamięci. Na zawsze.

Dla mnie rozstanie z nim to wyrok na smutek, zatrucie duszy goryczą, udręką. Pragnienie pozbycia się choć na chwilę rozdzierającego pierś bólu nie do zniesienia. Po rozstaniu z wcześniej szczęśliwą miłością gubimy się i przez bardzo długi czas jesteśmy niewolnikami własnych uczuć, w celi stworzonej przez samych siebie. Tą celą są nasze marzenia. Ale mamy do niej klucz. To nasza wola. Możemy przecież sterować nią. Ja jednak nie potrafiłam.

– Co chcesz przez to powiedzieć?
– Za chwilę. Wreszcie i ja zdecydowałam się, by pokazać Igorowi, jak się zestarzałam.
– I co ci napisał?
– A cóż mógł napisać? Że dobrze wyglądam. Zdjęcie jest przeciętne, bo nie jestem fanką własnego wizerunku i nie mam ich wiele. Ale nawet jeśli pomyślał inaczej, tak wypadało napisać.
– Spotkaliście się jeszcze kiedyś?
– Niejednokrotnie zapraszał mnie potem do siebie.
– Do mieszkania?
– Tak. Zapraszał też na zawody wędkarskie, którym poświęcił się z entuzjazmem.
– Nie pojechałaś, prawda?
– Bałam się własnej reakcji. Spotkanie się twarzą w twarz po tylu latach? Byliśmy już innymi ludźmi niż tamten chłopak na wózku i dziewczyna z Akademii Sztuk Pięknych. Po co?
– Ale przecież – protestuje Laura – nadawaliście na tych samych falach. Mogłaś się przed nim otworzyć. Nie musiałaś udawać.
– Sądziłam, że przyjaźń pomiędzy kobietą i mężczyzną, którzy byli kiedyś kochankami, jest możliwa.
– A nie jest?
– To skomplikowane. – Uśmiecham się. – Kiedy wszystko się ułożyło, znów staliśmy się sobie bliscy.
– Czekaj, czekaj! Czy chcesz powiedzieć, że po dwudziestu latach... Jezu! Nie!

## 36.

– To stało się w zeszłym roku – wyjaśniam dalej. – Tuż przed świętem zakochanych. Spadło na mnie jak grom, zupełnie niespodzianie, znienacka i bez ostrzeżenia. Prawda jest taka, że ostrzeżenia były, ale nie umiałam ich poprawnie zinterpretować.
– To jak u każdego z nas.

– Napisałam: „Nie wystarczy pokochać, trzeba jeszcze wziąć miłość w ręce i przenieść ją przez życie".

– „A ty?" – odpisał. – „Trzymasz miłość swojego życia w rękach?".

– „Mam ręce dziurawe, wszystko przelatuje mi przez palce" – zażartowałam – „szczególnie tak piękne uczucie".

– I co?

– Nie odpowiedział. Nie wiem, co potem ze mną się stało. Wściekłam się. Wpadłam w szał. Owszem, już wcześniej zdarzały mi się zmiany nastrojów. Raz byłam w euforii, by za chwilę wpaść w dołek i kilkudniową depresję, ale tłumaczyłam to wszystko Igorem. Jego obecnością w moim życiu, bo przecież nikogo innego nie potrafiłam do siebie dopuścić.

Ale wtedy wykopałam bardzo głęboki dołek. Ruszyła lawina esemesów. Na początku pisałam, wyrzucając z siebie żale, wszystko to, co mnie dręczyło i bolało. Potem pisanie przeszło w obsesję. Jak ciąg alkoholowy, z tym że zamiast kolejnego kieliszka pisałam. Wreszcie wyznałam mu miłość. Pisałam całą noc, nawet po tym jak wyłączył komórkę. Następnego dnia zagroził, że zablokuje mój numer u operatora i już nigdy więcej nie napisze do mnie. Po tamtej wiadomości zamilkł.

Wciąż milczy, choć piszę do niego, ale rzadziej. Sporadycznie. Przeprosiłam go za tamte walentynki, za każdą, nawet najbardziej szaloną myśl, którą tamtej nocy przesłałam. Ale tamta noc zmieniła wszystko w moim życiu, bo wtedy zadzwoniłam po ciebie.

## 37.

Czekając na ciebie, zapalam kadzidło. To dziwne, ale zamiast aromatu drzewa sandałowego uderza mnie dobrze znany zapach pracowni. Wyglądasz tak jak wtedy, gdy studiowałyśmy. Masz na sobie flanelową koszulę w bordową kratę, włosy ufarbowane na niepokojąco czarny kolor i ubrałaś się w jasnoniebieskie, podarte i sprane lewisy. Wyglądasz szałowo. Niemal jak nastolatka. Myślę o tym przez chwilę, bo przecież to niemożliwe.

– Cześć, Juleczko! Tyle lat. Ale się cieszę, że cię widzę – szczebioczesz od progu.

– Zastanawiam się, skąd masz mój numer.

– A czy to ważne? Przecież jestem.

– Racja. Wyglądasz świetnie – dodaję.

– Daj spokój – mówisz i całujesz mnie w usta na powitanie. – A tak w ogóle to martwię się o ciebie. Wiesz? I to bardzo.

– Chyba powinnaś.

– Spokojnie, kochana. Zaraz wszystko opowiesz. Przecież po to tu jestem.

– Wiesz, Laura – zaczynam – ostatnio mam wszystkiego dosyć. Wszystkiego. Dosyć odpowiedzialności, tego, że tak trzeba, że tak powinnam. Tej presji, pośpiechu, blichtru. Myślę, by zrezygnować z życia. Powiedzieć: nie, dziękuję, już nie mam siły, do zobaczenia. A potem zamknąć oczy i już. Prawie codziennie ogarnia mnie coś, czego nie potrafię wytłumaczyć. Rozumiesz?

– Ciiii. – Czuję palec na ustach. – Mam coś dla ciebie.

– Co to?

– Spokojnie. Wyluzujesz się. Zrelaksujesz, problemy wreszcie znikną. Tego ci trzeba. Zapomnisz o wszystkim. Zabieram cię do innego świata – szepcesz konfidencjonalnym tonem.

Wychodzimy. Chwilę później jesteśmy na dyskotece. Uśmiechasz się do mnie tajemniczo. Wiem, że coś knujesz. Wreszcie wszystko się wyjaśnia.

– Weź, nie bój się. Wezmę z tobą. Jedna dla ciebie, jedna dla mnie – mówisz, wrzucając białą tabletkę do szklanki.

Jesteś najzwyczajniej przepiękna. Do tego ciągle się uśmiechasz. Tym razem zalotnie. I druga pigułka trafia do mojego drinka.

– To wódka i sok – mówisz. – Nie martw się. Już dawno powinnyśmy to zrobić. Ja i ty.

– Nie jestem pewna.

– Jak zwykle – śmiejesz się. – Przecież zawsze taka byłaś. Nic się nie zmieniłaś.

– A niech tam. Masz rację. Zdrowie! – Przekonujesz mnie i piję.

Na dyskotece jest głośno, ciemno i duszno. Stanik lepi mi się do skóry. Ciemność co chwilę zamienia się na niepokojąco purpurową poświatę, niczym w ciemni fotograficznej. I tylko po to, by z następnym mrugnięciem czerni rozświetlić wszystko zimnym błękitem, potem zielenią, fioletem i żółcią. Na zmianę. W rytm muzyki. Ciemność, purpura, ciemność, zielenie, ciemność, błękity, ciemność, fiolet, ciemność, złotawa poświata. Muzyka, basy, twarze, krzyki, twarze. I nagle znikasz mi z oczu.

– Laura! – krzyczę. – Laura!

Ale to przecież bez sensu. Nie zdołam przekrzyczeć kilowatów muzyki napierających na mnie z każdej strony wraz z nagimi ramionami, gołymi brzuchami, rozchylonymi ustami tłumu, który zdaje się falować i płynąć w tańcu. Nie umiem się oprzeć jego podstępnej sile. Przez głowę przelatuje mi jak pocisk myśl, by choć raz jeden spróbować to namalować. Ale nie teraz. Teraz ogarnia mnie niepokój, strach i chwilę później przerażenie. Gdzie jesteś? – jakiś głos we mnie krzyczy.

– Laura!

Zewsząd otaczają mnie obce, nienaturalne uśmiechy, wykrzywione spojrzenia, kobiety, mężczyźni, ultrafiolet. Odchylone głowy, rozwiane włosy. Brokat. Rozszerzone źrenice. Mgła nad tłumem i wirujące sztyleciki różnokolorowych laserów. Znów ta sama mgła wypełzająca spomiędzy klepek parkietu. Ramiączka staników, błyszczyki na ustach. Krzyki. Rozglądam się wokół w panice, wszystko wiruje. Wreszcie jesteś! Widzę cię! Stoisz przy barze i gestem zachęcasz mnie, abym podeszła. Podchodzę. Pocą mi się ręce. Wszystko dzieje się jakby w zwolnionym tempie. A ty jesteś coraz dalej.

– Dosypałaś czegoś do drinka? – pytam.

– Przecież chciałaś.

– Tak?

– Nie pamiętasz? – Unosisz brew w zdziwieniu.

– Możliwe.

– A źle się czujesz?

– Nie, martwiłam się tylko, że nie mogę nigdzie cię znaleźć.

– Chyba już się zaczyna.

– Co się zaczyna? – Niepokój we mnie niespodziewanie znika. – Laurko, co się zaczyna?

– Coś się zaczyna, gdy coś innego się kończy – odpowiadasz. – Bo widzisz, Julka, ja tak naprawdę nie jestem.

– Co? – krzyczę ci do ucha, chyląc się w twoją stronę.

Kosmyki włosów muskają mi policzki. Pachniesz czymś wyjątkowym, czymś, czego dotąd nie czułam. To ciemna woń, występna, niepokojąca. Piękna. Pociągająca. Grzeszna. Ogarnia mnie ekscytujące, tajemnicze uczucie, którego zarazem ogromnie się boję.

– Nie jestem! Tak naprawdę to mnie nie ma!

– O czym ty mówisz?

– Nieważne! – Śmiejesz się od ucha do ucha. – Jesteś pijana.

Tańczymy. Jesteś obok. Ocieram się o ciebie, czuję twoje ciało. Gorąco. Oddalamy się i zbliżamy, niczym elektrony. Wirujemy. Muzyka przenika mnie na wskroś, do ostatniej komórki. Wypełnia po same brzegi, jakbym zbiegała z niekończącej się góry. Coraz szybciej i szybciej. Takt za taktem, nuta za nutą.

Jeśli miałabym kiedyś popełnić samobójstwo – myślę, obejmując cię – to tylko przy tej melodii. Wszystko paruje. Niesamowite uczucie, niesamowita muzyka. Śmiechy. Krzyki. Nawoływania.

– Niech zagrają ten utwór na moim pogrzebie! – krzyczę ci do ucha i mam ochotę pocałować cię w wilgotną od potu szyję.

Wszystko znów wraca. Spocone włosy kleją się do naszej skóry. Nigdy nie wyglądałaś bardziej pociągająco. Tłum, wszędzie są ludzie. Otaczają nas zewsząd, ale mało mnie to obchodzi.

– Chodźmy stąd! – krzyczysz.
– Dokąd?
– Nieważne.
– Jak to nieważne? Gdzie chcesz iść?
– Nigdzie. Wszędzie. Byleby z tobą.

Na ulicy jest chłodno. Trąbi jakiś samochód. Ktoś wykrzykuje z daleka niezrozumiałe słowa. Latarnie zdają się okrywać chodniki i ulice parasolami bladego światła. W taksówce dotykam twojej dłoni. Chyba zaczyna padać.

Zamek zgrzyta. Drzwi skrzypią. Wreszcie jesteśmy u mnie. Obie. Klucze dzwonią o siebie. Zapalam świece. Patrzę w lustro. Widzę w nim ciebie patrzącą z wyczekiwanym pożądaniem, prowokująco, demonstracyjnie. Podchodzę odważnie, chwytam twoją głowę, wplatam palce we włosy i całuję bez zastanowienia w usta. Stało się. Bez przebaczenia, bez powrotu. Zdzieram koszulkę. Całuję w piersi, w usta, w szyję, tam gdzie trafiają wargi. Nasze oczy przyzwyczajają się do ciemności.

– Czekałam na to – szepczesz. – Czekałam dwadzieścia lat.

– Ja też.

Masz opalone, smukłe ciało i piękne okrągłe piersi, których zawsze ci zazdrościłam. Twoje dłonie błądzą po moim ciele, wędrują po ramionach, plecach i szyi. Czuję, jak twoje palce wślizgują mi się pod pasek spodni.

– Chodź. I nie bój się.

Wplatasz nogę w moje nogi, tak jak czynić zwykli to kochankowie. Leżymy, patrząc na siebie w milczeniu, ciesząc się intymnością i tym, co za chwilę się stanie. Po chwili nasze usta znów się spotykają, teraz już spokojne jak letni, bezwietrzny wieczór. Czuję ciszę. Zupełny bezruch. Smakujesz mnie, poznajemy się wzajemnie, tak by nie uronić ani jednego tchnienia. Obejmujemy coraz silniej, głębiej. Z rozgrzanych ciał kipi erotyką. Czuję twarde sutki na własnych piersiach przy każdym najmniejszym ruchu twojego ciała. A ty wijesz się w moich objęciach, pochylasz w różne strony pod zbędną teraz, gorącą pościelą. Jesteś jak trzcina na wietrze. Smukła, wiotka, a twoje jedwabiste włosy muskają moją skórę. Czuję usta na piersiach i brzuchu, dotykam mokrej od potu skóry. Wystarczy tylko iskra, by nastąpił pożar, choć właśnie rozgorzał płomień, którego nic już nie będzie w stanie ugasić. To pożądanie, jakiego jeszcze nie czułam. Płonie jasno i mocno.

– Gdziekolwiek, cokolwiek – szepczą wilgotne od śliny usta, a ja śledzę ich ruch – nieważne, kim jesteś.

– Ważna jest nasza miłość – kończę.

– I to, że nigdy się nie rozdzieliłyśmy.

Widzę najcudowniejsze kształty, jakie może stworzyć natura. Dwie wspaniałe piersi. I skórę pachnącą tak intensywnie, że mogłabym schwycić jej zapach w dłoń, i tak delikatnie, ulotnie, że nie mogę go określić, choć doprowadza moje zmysły do wrzenia.

– I nie rozdzielimy.

– Na zawsze zostanę z tobą.

Sunę wargą po twojej skórze jak palcem po mapie, a twoje sutki unoszą się w górę. Najpierw powoli, by po chwili szybować unoszone ciepłymi prądami. Obejmuję je i dotykam ciepłem ust. Język okrąża i muska wystający kawałeczek. I mknę dalej w rozkosz, niżej i bliżej. Z każdym calem twojej skóry coraz wyżej w chmury, do nieba, by spić z zagłębienia ostatni bastion wielkiej tajemnicy. Bliżej już być nie mogę.

– Ja w tobie – mówię.

– Ty we mnie – odpowiadasz.

I prężysz się jak napięta do granic możliwości cięciwa łuku na moment przed wypuszczeniem strzały. W moich ustach gości słodki owoc ogrodu, by być bliżej, bliżej, by być jednym ciałem i dwiema duszami, zagłębiam się wolno w twym wnętrzu. Otacza mnie fala ciepła, ciepła ciała. Głos drga jak muśnięte wprawną ręką struny wiolonczeli. Z każdym płytkim, coraz płytszym oddechem drga jękiem głośniej, mocniej i wyraźniej.

Staję się kimś, kim nigdy dotąd nie byłam. I oto dociera do mnie, że tak się właśnie umiera. Czuję, jak nagle zapadam się pół metra pod ziemię. Zasypiam zaspokojona, zmęczona, ale szczęśliwa. I zaraz potem ktoś brutalnie szarpie mnie za ramiona obnażone miłością z kobietą. Ciebie już nie ma.

– Proszę pani! – Głos jest daleki, odległy, nieznajomy. – Proszę pani! Czy pani mnie słyszy? – Słowa są ostre, natarczywe i denerwujące. – Proszę odpowiedzieć! Czy pani mnie słyszy? – Ten głos, niczym odtwarzany z taśmy, lecz w zwolnionym tempie, wyrywa mnie z mojego świata.

## 38.

Oślepia mnie światło. Słyszę fortepian. Nie, to inny instrument. Już wiem! To dzwonki, w dzieciństwie nazywałam je cymbałkami. Światło znika. Otwieram oczy, czuję, jak odklejają mi się powieki, ale niczego nie widzę poza kilkoma kolorowymi, rozmytymi plamami. Ogarnia mnie przerażenie.

– Widzi mnie pani? – Słyszę.

Ten głos z boku mnie uspokaja. Rejestruję przed sobą tandetny obrazek na białej ścianie, telewizor z automatem na monety, okno w plastikowej ramie, kraty za oknem i parapet bez kwiatków. Na obrazku białe chmury, w tle błękit nieba i góry. Chyba Tatry. Szczyty są ośnieżone.

Odwracam głowę. Rozumiem już. Jestem w szpitalu. Natychmiast wraca do mnie to, co stało się wczoraj z

Laurą. Jestem rozbita, skołowana. To nie poranki są w życiu najgorsze, lecz przebudzenia.
– Tak.
– Dobrze – odpowiada lekarz słabym uśmiechem. – Jak się pani czuje?
– Chce mi się pić – mówię, bo właśnie uświadamiam sobie, że mam ogromne pragnienie.
– To przez gorączkę. Jeszcze się utrzymuje.
Lekarz podaje mi szklankę z wodą, zaspokajam pragnienie. Dziękuję z wdzięcznością.
– Gdzie jestem?
– W szpitalu, na oddziale intensywnej opieki medycznej – mówi. – Konkretnie to Klinika Chorób Zawodowych i Toksykologii. Ale nie zostanie pani tu długo.
Klinika? Co ja tu robię? I OIOM? Przecież tam trafiają pacjenci w ciężkim stanie. Po wypadkach na przykład. A mnie nic złego się nie stało. Tyle że wczoraj Laura – myślę i nagle moje serce mrozi myśl: Jezu! Narkotyk! Przypominam sobie wczorajszą noc.
– Ale co się stało? Gdzie jest Laura?
Lekarz chwilę patrzy na mnie. Dobrze zapamiętam ten moment. Nikt nigdy nie wierzył, kiedy twierdziłam, że pamiętam chwilę swoich narodzin. Wmawiano mi, że to niemożliwe. Dzisiaj już wiem, że to była prawda. Bo to była właśnie ta chwila.
– Pani Julio... – Siada na taborecie obok mojego łóżka i widzę, że zastanawia się, co powiedzieć. – To nie jest moja sprawa. Jestem toksykologiem.
Waha się i zatrzymuje w pół zdania, jakby się zastanawiał.
– Panie doktorze, o czym pan mówi?
– Z punktu widzenia mojej specjalizacji – zaczyna pewniej – już nie zagraża pani żadne niebezpieczeństwo. Miała pani dużo szczęścia. Prawdę mówiąc, uratowało panią tylko płukanie żołądka, zresztą w ostatniej chwili. Proszę powiedzieć, co pani pamięta?

– Wczoraj spotkałam się z przyjaciółką ze studiów.

– Wczoraj, to znaczy kiedy?

– Nie rozumiem.

– Pamięta pani datę?

– Dwudziesty ósmy grudnia. Dlaczego pan o to pyta, doktorze?

– Co jeszcze? Co jeszcze pani pamięta? Jak ma na imię ta przyjaciółka?

– Laura, mówiłam przecież. Mieszkałyśmy razem w czasach studiów w jednym pokoju w akademiku.

– Kiedy?

– W... Chwileczkę – liczę w myślach – od tysiąc dziewięćset osiemdziesiątego dziewiątego do...

– Gdzie to było? – przerywa lekarz.

– We Wrocławiu.

– Rozumiem. Jak pani myśli, dlaczego się pani tutaj znalazła?

– Zdaje się, że wczoraj piłyśmy z Laurą – czerwienię się jak kiedyś, ogarnia mnie wstyd i przerażenie – i brałam jakieś tabletki.

Lekarz kiwa głową, po czym bierze duży wdech i wyrzuca z siebie.

– Tak. Brała pani. Znalazła panią sąsiadka, bo grała głośno muzyka, a to była noc. Korków w nocy nie ma, więc karetka dość szybko się pojawiła i zdążyliśmy wypłukać pani żołądek. Zatrucie organizmu nie było jeszcze znaczne, ale kilka minut później mogłoby być już po wszystkim.

– A co z Laurą?

Patrzy na mnie i wiem, że coś ukrywa. I nagle doznaję nieprzyjemnego uczucia, tego samego jak we wspomnieniach swoich narodzin.

– Pani Julio, to nie było wczoraj. I to nie było spotkanie z przyjaciółką.

– A co?

– Kilka dni temu chciała pani popełnić samobójstwo.
– Co?
– Na szczęście sąsiadka znalazła przy pani opakowanie po leku. Zażyła pani śmiertelną dawkę Xanaxu. Dodatkowo piła pani alkohol, a to wzmaga działanie leku.
– Ułatwiał mi zasypanie.
– Zresztą nie tylko, bo również Thiocodin.
– To lek uspokajający.
– Antydepresant, zresztą tak czy inaczej zażycie około pięćdziesięciu tabletek z pewnością świadczy o pani zamiarach. Zostanie pani z nami jeszcze przez kilka dni.
– A co dalej?
– To zależy od pani. Dziś jest pierwszy stycznia, Nowy Rok, więc nic pani nie załatwimy, ale jeśli się pani zgodzi, jutro wypiszę skierowanie do Szpitala dla Nerwowo i Psychicznie Chorych w Lubiążu.
– Jezu! – wyrzucam z siebie. – Nie wierzę! To niemożliwe.
– Proszę się nie denerwować.
– Ale, panie doktorze, to niemożliwe, co pan mówi...

Lekarz wyjmuje z podkładki do pisania kartkę i podsuwa mi pod oczy jakiś dokument. Spoglądam i widzę swoje pismo.

– Poznaje pani? Sądzę, że to jest pani list pożegnalny.

Patrzę. I nie mogę uwierzyć. Cała kartka jest zapisana pismem, które doskonale znam. Drobne litery, ciasno spisane miękkim ołówkiem układają się w powtarzają się słowa: *kochanie, przyjdź, kochanie, przyjdź, kochanie, przyjdź...* Linijka po linijce. Cała strona.

## 39.

Prawda mnie przygniata, wdeptuje w ziemię. Spada jak grom, zupełnie niespodziewanie i znienacka.

Wprawdzie ostrzeżenia były wcześniej, ale nie umiałam ich poprawnie zinterpretować. Jak każdy z nas. Teraz rozumiem. Popisuję zgodę na leczenie.

Zza szyby szpital w Lubiążu wygląda zachęcająco. Nie, wcale nie – takim myśleniem próbuję tylko oszukać siebie. Z tą swoją atrakcyjną bazą w budynkach byłego klasztoru cystersów jest raczej przerażającym miejscem, którego potwornie się boję.

– Sądzę, że od przynajmniej kilkunastu lat rozwija się u pani choroba afektywna dwubiegunowa z objawami psychotycznymi.

– Co to znaczy, doktorze?

– Choruje pani na psychozę maniakalno-depresyjną.

– Dlaczego mnie to dotknęło?

– Zapada na nią co setna osoba... Co setna kobieta – poprawia się psychiatra.

Jedna na sto – myślę. I to właśnie na mnie wypadło. Mogłam być dwudziestą, sześćdziesiątą szóstą albo, do kurwy nędzy, dziewięćdziesiątą dziewiątą, ale los zdecydował, że będę setną.

– Pani życie mieściło się dotąd między dwiema skrajnościami. Z jednej strony była to głęboka depresja, z drugiej – ostre ataki manii.

– Ale ja o niczym nie wiedziałam.

– Bo pomiędzy atakami manii a ostrą depresją miała pani namiastkę normalności. A tego, co naprawdę działo się w chwilach skrajności, nie pamięta pani.

– Jak to możliwe? A praca, szkoła, moje obrazy?

– Chorzy niejednokrotnie funkcjonują przez lata w swoim otoczeniu i nikt nie dostrzega niczego niezwykłego w ich zachowaniu. Tym bardziej że pani żyła samotnie. Na ogół funkcjonowała pani normalnie, a tego, co działo się w czasie ataków manii, pani umysł nie rejestrował.

– A co pamiętam?

– Urojenia.

– A co jest prawdą?
– Sprawdziłem i wiem tyle, że faktycznie studiowała pani na Akademii Sztuk Pięknych we Wrocławiu. Sądzę, że wtedy zaczęła się u pani rozwijać choroba.
– Co w moim życiu – biorę głęboki oddech – co jest prawdą, a co urojeniem?
– Zacznijmy od początku. Z informacji, do jakich dotarłem, z niemałym zresztą trudem, wynika, że wychowywała panią babcia. Ojciec zginął w katastrofie lotniczej, matka kilka lat później zmarła na skutek potrącenia przez samochód. Pani babcia zmarła w tysiąc dziewięćset osiemdziesiątym dziewiątym.
– Byłam wtedy na pierwszym roku.
– Istotnie. Emerytowana pracownica dziekanatu wspominała, że związała się pani ze studentem, który zginął w wypadku na motocyklu. To stało się mniej więcej w tym samym czasie i sądzę, że miało wpływ na rozwój choroby.
– Więc Igor nigdy nie istniał?
– Istniał. Ale jego śmierci pani umysł nie chciał przyjąć do wiadomości. To była pani obrona przed informacją o tej tragedii. Zadziałał mechanizm wyparcia, lecz początkowe stadium choroby tak mocno go podtrzymało, że z czasem przerodził się w obsesję. A potem w urojenia.
– A Laura?
– Nigdy nie mieszkała pani w akademiku. Miała pani stancję.
– Więc Laura, ona... Tak samo?
– Nie było na liście studentów grupy seminaryjnej żadnej dziewczyny o takim imieniu. Z tego, co pani wcześniej opowiedziała, sądzę, że Laura, podobnie jak Igor, żyła jedynie w pani głowie. Jej postać jest pani drugą osobowością, ale w rzeczywistości nigdy jej nie było.
– Alter ego?

– Właśnie. Zmaterializowała pani w postaci swojej przyjaciółki wszystkie cechy, jakie pragnęła pani posiadać.

Zaczynam płakać. Łzy cieknąmi po policzkach jak groszki. Prawda o własnej śmierci dochodzi do człowieka później niż myśl, że ktoś do trumny założył mu chujowe buty. Mam czterdzieści lat, przez ponad dwadzieścia wierzyłam w coś, czego nie ma i nie było. Poznałam siebie, bez znieczulenia dotarłam do najgłębszych zakamarków umysłu. A teraz okazuje się, że to wszystko gówno? Że tego nie ma i nigdy nie było? Chciałabym zapomnieć o Igorze i przestać pisać do niego. Nie poniżać się więcej i zachować resztki godności. Ale nie potrafię.

– Panie doktorze, wierzy pan w miłość?
– Trzeba w nią wierzyć.
– Tak pan uważa?
– Owszem. Wiem, że to trudne. Ale z czasem wszystko się zmieni.
– Tak pan uważa?
– Jestem pewny.
– Mam nadzieję, bo chciałabym zapomnieć o Igorze. Ale nie potrafię.

Nigdy nie było akademika, Laury, wózka, listów, spotkań, e-maili. Igor nie istniał. Nie było Leona. A mimo to wciąż słyszę, jak Igor mówi do mnie wyraźnie „moja kochana".

Zaczynam leczenie. W szpitalu dzielą nas na okresowych i chroników. Mam szczęście. Trafiam do okresowych. Z jednej strony moja choroba to głęboka depresja jak u chroników, a z drugiej – ostre ataki manii, jak u okresowych. Dni bez leków byłyby trwaniem między dwiema skrajnościami. Człowiek przecież musi ostatecznie trafić do jakiegoś zbioru. Leki pomagają mi odzyskać wycinek tego, co jest pomiędzy. Namiastkę normalności. Wprawdzie nie otępiają, ale przynajmniej żyję w rzeczywistości. Tylko czy jej chcę?

Kilka tygodni później w Lubiążu spotykam tego, który teraz pochrapuje cicho w naszym łóżku. Dzięki niemu mogę mieć te chwile, skrawki, okruchy dnia tylko dla siebie, kiedy zostaję sama ze sobą. Każdy potrzebuje takiego istnienia, chociażby przez niedługą chwilę. Mam prawie wszystko, o czym kiedyś marzyłam. Męża, który mnie kocha, pieniądze, które wydaję, a nawet ten kochany stolik z oświetlonym lusterkiem do demakijażu, jakiego zawsze pragnęłam. Mogę malować swoje obrazy. Nie mam tylko Igora.

## 40.

Właśnie kończę czterdzieści lat – myślę wpatrzona w lustro. W tle słyszę znajomą piosenkę. W powietrzu unosi się mój ulubiony zapach farb. Dzięki mężowi nie jestem zamknięta w szpitalu psychiatrycznym. Mam nadzieję, że spotka mnie w życiu jeszcze wiele dobrego. Nie chciałabym popełnić samobójstwa jak statystycznie co siódma chora.

Ale prawda jest taka, że zdaję sobie doskonale sprawę, że świetlica to nie moja garderoba. Zakratowane okno nie jest wcale lustrem, w którym odbija się moja twarz. Mąż wcale nie chrapie. Bo jego tam nie ma. Nie istnieje. To skrzypią deski, kiedy siadam do stołu, by napisać do niego jeszcze jeden list.

Widzę kogoś, kim nie jestem. To nieprawda, nie mogę nią być. Nie mogę być tą kobietą przy stole. To przecież żałosna wariatka. Ja jestem kobietą w lustrze. Wróciliśmy z sylwestrowej zabawy. Mam urodziny. Jestem w swojej łazience. Wpatruję się w swoje odbicie. Za drzwiami śpisz ty, kochanie... Walczę ze swoją chorobą. Walczę z Julią we mnie. Walczę ze sobą.

Słyszę, jak stary zegar tyka i pobrzękuje głośno. No i ten upał. Jest nieznośny. Tak jak niebo, błękitne, prawie białe na końcach, z których spadają miękkie pióra gołębi. Wyraźnie słyszę, jak lecą, cicho w suchym powietrzu, podobne do jesiennych liści zmęczonych podmuchami wiatru. Dobrze je znam. Ale to nie liście, a teraz jest lipiec. Pióra należą do ptaków, z którymi kiedyś piłam na dachu czerwone wino.

Siedzę przy stole. Usiłuję napisać list. Ołówek ciągle się łamie. Muszę go znów zatemperować. Słyszę, jak trze o papier. Grafit brudzi dłonie, mam go pod paznokciami, jest w zgięciach skóry, pomiędzy komórkami, we włosach, na podniebieniu, w uszach, pod powiekami, rozpuszczony płynie w tętnicach i żyłach.

Za kratą migają refleksy światła. I te szepty. Nie mogę ich znieść. Dręczą mnie i przerażają. Więc piszę. Kochanie, przyjdź. Przyjdź, kochanie. Przyjdź, przyjedź, przyjdź. Kochany, przyjdź. Nawet jeśli cię nie ma. Moje szalone myśli znam tylko ja.

Emma.

Printed in Great Britain
by Amazon